The Woman Warrior:
Memoirs of a Girlhood Among Ghosts

女勇士

[美] 汤婷婷 著

王爱燕 译

新 星 出 版 社　NEW STAR PRESS

新经典文化股份有限公司

www.readinglife.com

出　品

献给父亲母亲

目录

— Contents

无名女人

"我要对你说的话，你可千万别告诉别人。"妈妈说，"你爸在中国还有个妹妹，她跳进家里的水井，自杀了。我们跟别人说你爸只有兄弟，没有姐妹，就当她从没来到这个世界上。

　　"一九二四年，我们村一下办了十七场婚礼，为的是保证那些'出远门'的年轻人都能在该回家时回家。没过几天，你爷爷兄弟几个，你爸兄弟几个，还有你姑的新婚丈夫，都乘船去美国，去'金山'了。那是你爷爷最后一趟出远门。那些运气好签上合同的人，都站在甲板上跟家里人挥手告别。那些不幸的偷渡者，就由别人暗中送饭，掩护着先到古巴、纽约、巴厘岛或夏威夷上岸。他们说好'明年加州见'。他们每个人都往家寄钱。

　　"我还记得，有一天，我和你姑一起换衣服，看到她的肚子像西瓜一样圆鼓鼓的，之前我都没有留意，但也没想过'她是不是怀孕了'。直到后来，她看起来和别的孕妇一样，上衣的前襟翘了起来，露出黑裤子的白裤腰。要知道，她丈夫都出去好几年了，她根本不可能怀孕呀。不过，那会儿没人吱声，我们也没谈论过这件事。

到了夏天，她肚里的孩子该到日子了，可那孩子肯定不是她丈夫的，不然早就生了。

"村里人也都在掐着指头算日子。孩子要降生的那天晚上，村里人跑来抄了我们的家。有人在大喊大叫。一帮又一帮的人提着灯笼在我们家田里横七竖八地乱走，就像一把齿上挂着灯的大锯子。他们糟蹋我们的水田，把水稻踩得横躺竖卧。灯笼倒映在稻田里动荡的黑水中，看起来多了一倍，田垄里的水从被踩塌的田埂中流走。他们越走越近，我们看得清楚，有些人戴着白面罩，八成是熟人。那些留长头发的，披头散发地遮着脸；留短头发的女人，就把头发梳得立在头顶。还有些人在脑门、胳膊和腿上系着白布条。

"他们先是朝我们家的房子扔土块、石头，接着又扔鸡蛋，然后开始宰牲口。我们在屋里就能听到牲畜们垂死的惨叫：鸡，猪，最后是牛濒死的号叫。黑洞洞的窗口上不时闪出熟悉的愤怒的面孔。村里人包围了我们的房子。有人探头往里瞧，那目光就跟探照灯似的。有人抻着脑袋，摁着窗户，窗玻璃上印出红色的手印。

"很快，村里人把前后门一起砸开，尽管门根本没有上锁。他们的刀上还滴着牲口的血。他们把血抹到门上，墙上。有一个女人，手里甩着一只刚被她割断脖子的鸡，将鸡血围着自己洒了几圈。我们全家人站在四壁挂着祖先画像的堂屋中间，直对着供桌。

"那时我们家的房子只有两间厢房。我们是打算等男人们回来再建两间，围成一个院子，然后再建一间，起第二个院子。村里人闯进两边的厢房，到处找你姑的房间，连你爷爷奶奶的屋子也不放过。男人不在家的时候，我和你姑住一间屋。我们想以后傍着这间房子再给小辈盖新房。进屋之后，那些人手脚并用，把你姑的衣服鞋子扯了个稀巴烂，还把她的梳子掰折，摔在地上跺碎。他们扯掉她织布机上的布，从灶膛里掏出燃烧的柴火扬在地上，再将新织的布卷一卷，丢进火里烧掉。我们听到他们在厨房里稀里哗啦砸锅摔碗。那口齐腰深的大缸也被他们推倒，鸭蛋、腌果、咸菜撒了一地，刺鼻的腌菜汤四处横流。一个住得与我们家田地相邻的老太太，举着一把扫帚走过来，驱赶我们头上的'扫帚精'。那些人一边糟蹋我们家，一边呜咽着咒骂：'猪。''鬼。'

"临走时，他们拿走我们家的糖和橘子，好回家上供，祈求神灵保佑。被宰的牲口的肉，被他们一块块割掉带走。有人甚至还把没摔碎的碗和没撕烂的衣服也统统卷走了。他们走后，我们扫起地上的米，缝好撕破的麻袋，把米重新装进去。可洒在地上的腌菜汤那呛人的气味，却久久散不掉。那天夜里，你姑在猪圈里生下孩子。第二天一早，我去家里的井边提水，发现她和婴儿的尸体堵在井口。

"别对你爸说我告诉了你这些。他不承认有这个妹妹。你现在已经来月经了，你姑的遭遇，你也有可能碰到。你可千万别给我们丢脸。你不想让人忘了你，说你从来没有出生过吧？镇上的人都眼睁睁盯着你呢。"

我妈在告诫我们如何做人的时候，总会讲这样的故事，我们就听着这种故事长大。她是想要我们在现实面前活得坚强。那些新移民，如果不是百折不挠，就只能年纪轻轻客死他乡。我们这些最初几代的美国移民，都得背负着父辈在我们童年时代筑起的心理屏障，学习怎样融入那个实实在在的美国。

移民们用指桑骂槐的诅咒来迷惑神明，他们那些曲曲折折的街道和胡编乱造的假名，常令诸神晕头转向。他们也必须迷惑后辈。我猜，后辈也同样让长辈心里发慌。年轻人总想把搞不清的东西搞清楚，总要给无以名状的东西冠上名称。我认识的中国人常常隐姓埋名。旅居国外者改换生存环境后也常常改名换姓，用缄默守护自己的真名实姓。

华裔美国人们，请问，你们在试图搞明白自己身上哪些是来自中国的东西时，是否能够分辨哪些属于中国文化，哪些又是你独特的儿时经历，哪些是贫困愚昧留下的烙痕，哪些是你一家的个别问题，哪些又是小时候妈妈给你讲的故事留下的印记？什么是中国传统，什么又是电影中的虚构呢？

假如我想知道，姑姑当时穿了什么样的衣服，是招摇还是平凡，我得这样问："还记得我爸那个投井自杀的妹妹吗？"我可不能直接问那些问题。妈妈已经把有用的话告诉了我，然后就此打住，不肯多说一个字，除非绝对有必要——"必要"是限定她生活的河堤。她在院子里种菜，不种草坪；她把长得奇形怪状的西红柿从地里拿回家自己吃；她连上过供的祭品都吃。

不管什么时候，只要是做不必要的事，我们就分外卖力；我们会把风筝放得老高。当父母把快化掉的甜筒从班上带回家，或者在新年时带我们去看美国电影——有一年是贝蒂·格拉布尔主演的《嘿，你这漂亮妞》，还有一年是约翰·韦恩主演的《黄巾骑兵队》——我们小孩子就乐得直蹦高。每次我们坐车出门狂欢，回来都会满心愧疚；我们摸黑走回家，疲惫的父亲则一路清点零钱。

通奸是放纵，而老家那些人——自己孵小鸡，把毛蛋、鸡头当美味，将醋炖鸡爪当作待客佳肴，甚至连鸡嗉子都要吃掉，只是把里面的沙砾洗掉——那样的人怎么会养出一个放荡的姑姑呢？在饥荒年月，生为女人，生个女儿，就已是十足的浪费。我姑姑不可能是那种不顾一切追求男欢女爱的孤独的多情种。旧中国的女人没得选择。是某个男人命令她与他睡，成为他见不得人的罪孽。我很想知道，那男人跟别人一起抄她家的时候，有没有蒙着面罩？

也许她是在地里干活，或是和媳妇们一起上山拾柴时遇到那男人的。也许他是在赶集的时候先留意到她的。他不是陌生人，因为村里不容留陌生人。就算不愿与他发生关系，她也免不了跟他打交道。也许他在相邻的地里干活，也许她从他手中买布做衣服穿。他的非分要求一定令她吃惊，接着她就被他吓住。她乖乖服从，她早已习惯逆来顺受。

家里人替她从邻村物色了一个小伙子，为他们订了亲。虽说连面都没见，她却温顺地站在一只漂亮英武的大公鸡旁边——那公鸡是她未婚夫的替身——与它拜堂成亲，并且发誓，生是他的人，死是他的鬼。她运气很好，小伙子与她年龄相当，而且她是正室，从此终生有托。第一次见到他的当夜，他便和她缠绵。之后，他去了美国。她连他的长相都快记不起来了。要想记起他的模样，只能看看黑白全家福中的那张脸，那照片是男人离家前拍的。

而另一个男人，说到底和她的丈夫也没有多少区别。两个男人都发号施令，而她则俯首听命。"你要是敢告诉家里人，我就揍你，我会宰了你。下周再到这里来！"两人绝口不提性，从来没有。之后，她本来也有可能摆脱遭强奸的厄运，可她还得从他手里买油，与他在一片树林里拾柴火。我期望她的恐惧随强奸的结束而结束，那样恐惧尚可遏制，不必永远深陷其中。但是女人与人发生性关系，难保不生孩子，于是一辈子便也搭上了。恐惧没有停止，而是四处渗透，无所不在。她告诉那男人："我觉得我怀孕了。"于是他便纠集一帮人，抄了她的家。

有些夜晚，父母谈起老家的生活，偶尔提到"下桌"，仿佛那是一笔没有了结的旧账，他们言语间透着紧张。中国有全家同桌进餐的传统，食物是珍贵的，当家的老年人命令犯错的人单独吃饭。日本人犯了错，还可以离开家重新开始，去当武士或艺妓，可中国的家庭不同，他们对犯错的人不理不睬，不用正眼瞧他们，却又揪住不放，让他们吃残羹冷炙。我姑姑一定曾经和我父母住在同一屋檐下，在下桌吃饭。我妈说起那次抄家，宛如她亲眼所见，可那时候我姑是别人家的媳妇，我妈和我姑根本不该住在一起。媳妇应和公婆一起住，而不是和自己的父母。汉语把结婚称作"娶媳妇"。她丈夫的父母本可以把她卖掉，押给别人，或者乱石砸死。但他们却打发她回娘家，没有人告诉我，这种奇怪的做法是为了羞辱女方家人。也许他们把她赶出家门，为的是引开报复者。

她是家里唯一的女儿，四个哥哥跟她父亲、叔叔和她丈夫"出远门"了。几年以后，他们都变成了西方人。分家时，三个哥哥要了田地，最小的一个，也就是我父亲选择接受教育。我爷爷嫁掉女儿后，就算处理完了所有的财产，也解决了所有风险。他们指望她一个人因循传统，而她的哥哥们则在野蛮人中间摸索闯荡，不会被人评头论足。那些扎根乡土、深固难徙的女人要顶住潮流，守护过去。有了她们，男人们才会平安回家。但那种奔向西方的强烈冲动已经深入家族的骨髓，于是，我的姑姑便逾越了那条无形的界线。

若要持重守分，便只能任凭情感在心中左冲右突，不让它们转化为行动。眼睁睁看情感潮起潮落，如同樱花开了又谢。可我的姑姑，我的前辈，陷在凝滞的生活中，任由梦想萌生、凋落。几个月、几年之后，梦想竟生根发芽。出于对形形色色的戒律的恐惧，她的欲望变得微妙、柔韧而坚强。她看一个男人，是因为喜欢看他把头发拢到耳后；或者是喜欢看他修长的身躯在肩膀处弯曲、在臀部挺直所形成的问号；因为他多情的眼神，或温柔的声音，或从容的步履——仅此而已——几缕发丝，一根线条，灼灼的目光，某种声音，某种步态，为此，她抛掉家庭。为了那会因疲惫而消失的魅力，因风住而不再摇荡的发辫，她竟丢弃了我们。唉，就连不合适的光线都会抹去他身上那些惹人爱恋的地方。

不过，说不定姑姑并不是因为那些微妙的缘由爱慕她的朋友，而是因为她本来就是野女人，喜欢找野汉子。可把她想象成荡妇并不妥当。我认识的女人中没有那种人，我也不认识那样的男人。除非看到她的人生蔓延交织进我的人生，否则她这个长辈对我并没有什么帮助。

为使爱恋持久，她经常对镜理妆，忖度哪种色彩哪种式样能够引起他的兴趣，而且不停变换以求搭配得当，期盼能引他回眸凝视。

在海边的村子里，女人爱打扮，就会落下不守妇道的名声。已婚女人都留齐耳短发，或者把头发梳到脑后，盘成紧巴巴的发髻。没有花里胡哨，也不会松松一绾，风一吹便青丝散乱，撩人魂魄。新婚那天，做姑娘的最后一次让人看到她的长发。"头发垂下来拂到我的腿弯，"妈妈对我说，"我的头发编成了辫子，可那样还能拂到我的腿弯。"

坐在镜前，姑姑将齐发梳得别出心裁。即便是梳发髻，只要肯花心思，也可以让几绺青丝溜出来，在风中飘荡，或者任缕缕鬓发在脸庞周围轻飏。可是在我们的相册里，只有上年纪的女人才梳发髻。姑姑把头发从额头往后梳拢，将两边的头发掖在耳后。她把一根线绾个结，系成一个圈，食指和拇指一钩，用这两股线在额头上绞。当她像要在墙上投出鹅嘴影子那样合拢两指时，线就缠在一起，夹住细细的汗毛。接着她把线从皮肤上一拎，汗毛便齐齐拔下来，针扎般的刺痛，疼得她眼泪涌出来。她张开手指，把线清理干净，然后又顺着发际线和眉毛上方绞了一遍。我妈也用这种方式给她自己、给我和妹妹绞脸。我原先以为，"被人揪住小辫子"①，是指俘虏被人

---

① 原文为"caught by the short hairs"，意为"陷入对手的圈套难以脱身"。其中的"short hairs"指的是后颈上的头发茬，而不是作者以为的汗毛。（本书注释均为译注。）

用拔毛的线揪住呢。两鬓的汗毛拔起来尤其疼，可我妈说，我们命够好了，不用在七岁就裹小脚。她说，以前每到晚上，她妈妈或家里的丫鬟婆子就会把她姐妹们的裹脚布放开一小会儿，好让血流回静脉中，几个女孩经常疼得坐在床边哭成一团。我希望姑姑爱的男人会欣赏她光洁的额头，而不是那种只盯着屁股奶子看的粗俗男人。

有一次，姑姑见下巴上有颗雀斑，黄历上说那是福薄之相。她便用一根烧热的针把雀斑剜掉，用双氧水清洗伤口。

除了拔汗毛、剜雀斑，要是在长相上花更多心思，就会招来村里人的闲言碎语。大家都有干活穿的衣服和好衣服，好衣服只在逢年过节和坐席的时候才穿。但是因为女人在一年开头时梳头会带来厄运，姑姑很难有机会打扮得漂漂亮亮。女人们看上去像巨大的海螺——她们身上背着婴儿，或成捆的木柴，或浣洗的衣服，就像螺蛳背上的壳。中国人不喜欢弯腰弓背的人，仙女和勇士都身姿挺拔。可当干活的女人卸掉背上的负担舒展腰身时，也一定会呈现出极为优美的身姿。

然而，姑姑对那样平凡的美并不满足。她梦想在过年的半个月中有个情人。那时候家家户户走亲访友，互赠红包和点心，而她却偷偷地梳头打扮。果不其然，她给这一年招来灾祸，让家人、村子和自己遭了殃。

她的秀发在吸引情人接近的同时，也招来很多别的男人的眼光。假如叔伯、兄弟、堂兄弟、侄子们返乡探亲，恐怕也会看她的。说不定他们一直压抑着好奇心，担心自己的目光如野地里未离巢的雏鸟，受到惊吓，被人逮个正着，于是他们离家远行。贫困折磨人，他们背井离乡，首先是为贫困所迫。但另一个原因，那迫使他们离开拥挤的家庭的最终原因，却从来没有人说出口。

她是家里唯一的千金，也许是全家人的万般宠爱把她惯坏了，于是她整天对着镜子孤芳自赏。她丈夫出远门，家里人趁机把她从婆家接回来，好让她多过一段做小女儿的日子。关于我爷爷有些传言，说他与别人不一样，"他的脑袋被小日本拿刺刀戳过，从那之后就疯疯癫癫的。"他以前常呵呵痴笑着掏出自己的阴茎搭在餐桌上。一天，他用棕色西式大衣裹着个女婴抱回家来。他是用自己的一个儿子，很可能是我爸爸把她换来的。我奶奶逼他换回去。等他终于有了自己的女儿，便疼爱得不得了。他们一定都很爱她，可能只有我爸爸例外，兄弟几个中，只有他这个曾经被拿去换女孩的儿子再也没有回过国。

新婚的兄弟姐妹得抹去自己的性别特征，摆出淡漠的神情。令人心旌摇荡的发式和眼神，别有深意的微笑，都会威胁五世同堂的理想家庭。大家面对面说话都扯着嗓门，隔着房间相互应答，以免有暧昧之嫌。我认识的移民都是大嗓门，在故乡，他们隔着田地打招呼，如今离开乡村赴美多年，仍然不习惯像美国人那样轻声说话。我一直没办法让妈妈改掉在图书馆扯着嗓门说话和打电话时大叫大喊的习惯。我一直努力想把自己塑造成美国女性，身姿挺拔地走路（膝盖挺直，脚尖朝前，而不是像有些女人那样内八字），轻言细语地说话。中国人讲话调门高，人人都听得到。只有病人才不得不轻声低语。可是全家人同桌吃饭，大家挨得最近的时候，反而谁都不准说话，不光是被冷落的人，所有吃饭的人都不准讲话，仿佛每说一个字就丢一枚铜板似的。大家默默地用双手递饭接饭，哪个孩子走了神，一只手端碗，就会被狠狠地剜一眼。这时候大家都全神贯注，连孩子与恋人也没有例外，可我姑姑心有旁骛，语调特殊。

从分娩到死去，姑姑始终把男人的名字埋在心中，从未责怪他没和自己一起受罚。为保全情夫的名声，她一个人默默生下孩子。

他可能是她家里的人，可就算是同别家的男人通奸也一样可恨。全村人都是亲戚，村里人习惯于扯着嗓门叫人，好让人永远忘不掉他们是亲戚。可以来往的男人都有一种中性化的亲热称呼——"哥哥""兄弟""大哥"——足有一百多种叫法。也许父母研究生辰八字主要不是保证好运，而是为避免在只有百家姓氏的人口中出现乱伦。每个人都有八百万门子亲戚，因此在性关系中无论多么讲究都没有用，风险都太大。

也许是由于比恐惧更深的返祖心理，我过去常在男孩名字后面默默加上"兄弟"。这样做像是给这些男孩子下了咒，不管他们请不请我跳舞，这个无声的称呼都使他们不那么吓人，而是变得像女孩那样熟悉，也像女孩那样值得我对他们好。

可这样一来，我当然也给自己下了咒——没有人可以约会。我本该站起来，在图书馆中挥舞双臂，高喊："喂，说你呢，来爱我啊！"可我不知道怎样有选择地施展魅力，如何拿捏分寸，控制魅力的方向和强度。如果我把自己变成美国式的漂亮妞，好让班里的五六个华人男生迷上我，那其他所有男生——白人，黑人，日本人——也都会爱上我。这样看来，女生之间的情谊更有尊严，更体面，也有意义得多。

相互吸引的魅力十分顽固，不受约束，即使整个社会完全按计划安排好亲戚关系，也难保不会乱套；即便他们将孩子们从小就拴在一起抚养，也难保不出差错。在最穷困和最富有的家庭中，男孩会像鸽子一样与家里收养的姐妹成婚。我们家比较开通，允许儿女谈恋爱，肯为儿子出给成年新娘的彩礼，肯为女儿出嫁妆，好让儿女与外人结婚。只要一联姻，外人便成了亲戚，于是天下一家。

在村庄的结构中，神灵在活人的生活中时隐时现，被时间和土地所平衡，所安抚。可若是有人胆大妄为，便会在天上捣开一个黑洞，搅出一个旋涡。村里人在现实中相互依赖，他们吓坏了，到我姑姑那里向她摆明，她的越轨给那"圆满"造成了具体的个人的损害。不正当的男女关系会断送未来，报应会落在后代的头上。而她竟敢有私人生活，隐瞒众人，不与他们为伍，为此他们要惩罚她。

假如姑姑背叛家庭时赶上了丰收太平的好年景，那时人丁兴旺，许多人家加盖厢房，说不定她还能够逃脱如此严厉的惩罚。但当时男人们饥饿而贪婪，厌倦了在干巴巴的土地里刨食，只能背井离乡出门挣钱，寄回来养家。到处闹鬼，闹匪，闹水灾，与日本人打仗。我在中国的哥哥姐姐死于不知名的疾病。通奸在好年月里也许只算过错，可当村里人都饥肠辘辘时，通奸便是犯罪。

圆圆的月饼，圆圆的月洞门，大圆套小圆嵌在一起的圆桌，圆圆的窗户和饭碗，这些如护身符一样的东西已经失去法力，无法像从前那样告诫人们牢记家庭的法则——一个家庭必须圆满完整，传宗接代，赡养老人，供奉祖先，祖先反过来也会保佑家人。村里人把我家的房子砸给我姑姑和她潜藏的情夫看，他们是在加快轮回报应的速度，因为她目光短浅，看不到她的不贞已危及全村，她越轨的恶果会无可预料地一圈圈反射回来，以改头换面的形式伤害她，就像现在这样。那圆圈必须缩到铜钱大小，她才会看到那后果的圆周：在她分娩的时候惩罚她，让她看到无情的报应。那些人因为能想出一些避免晦气的小窍门便拒绝认命，他们坚持要治她的罪，好让她遭现世报应。他们不肯接受现实中的意外，而要替天行道。

村里人走了，各回各家，灯笼四散。全家人这时才开了腔，咒骂起她来："哎呀，我们要死啦，要死啦，要死啦！瞧你都干了些什么呀！你害了我们。你这鬼，死鬼，鬼啊！我们家从来没你这个人！"她冲出家门，朝田野奔去，直到听不见他们的叫骂，才扑倒在地，身体贴着土地，已不属于她的土地。分娩开始时，她才觉出自己受了伤害。她的身体揪缩成一团。"他们伤我太狠了。"她想，"这太受罪了，会要我的命的。"她额头和膝盖抵着地面，身子一阵痉挛，然后放松下来。她翻过身，仰面躺在地上。黑井般的天空和星星都飘远了，飘远了，永远飘远了；她的身体，她一团乱麻的生活，好像也消失了。她是一颗星，黑暗中的一个小亮点，挂在永恒的寒冷寂静之中，没有家，没有伴。她心中升起一股对旷野的恐惧，那恐惧越升越高，越来越大，她再也受不了了。恐惧无穷无尽。

无遮无拦，无处躲藏，她躺在旷野中，感到疼痛再次袭来，积聚在她身上。那疼痛让她浑身冰冷，是一种冷飕飕的持续不断的表面的疼；而肚子里却是另一种疼，一抽一抽的，是孩子要出生时火辣辣的疼。她在地上躺了几个钟头，时而意识到自己的身体，时而专注于空间。有时候，脑海中浮现出舒适的家常生活的幻象，将眼前的景象抹去：她看到夜间家人围坐在餐桌边玩牌打麻将，年轻人帮老人揉着背。她看到清晨时大家为禾苗抽穗欢欣鼓舞，相互道贺。当这些画面崩散消失时，星星越来越分散，夜空张开黑洞洞的大嘴。

　　她挣扎着站起身，好更用得上劲。她记起老辈女人要到猪圈里生孩子，为的是哄骗专司阵痛的妒嫉的神灵——这些神灵是不会夺走小猪崽的。趁下一次阵痛还没到来，她向猪圈奔去，每一步都像跨入虚空之中。她翻过篱笆，跪在污泥中。好在有道篱笆能围住她，这家族中的孤家寡人。

　　终于，婴儿分娩，重负卸下——胎儿在腹中一直如同异物般生长，让她每天恶心反胃。她俯下身，抚摸那个热热的、湿湿的、会动弹的肉团，肯定没有比这更小的人儿了，但摸得出终究还是个小人儿——手指、脚趾、指甲、鼻子。她把他往上一拖，放在自己肚子上。小家伙蜷着身子趴在她身上，屁股朝上，一只小脚丫恰好压住另一只。她解开肥大的上衣，将孩子包进去，再把扣子系上。歇了一会儿，他开始扭动辗转，她便把他托到胸前。他的小脑袋扭来扭去，直到衔住奶头。他在那里发出小小的呼哧呼哧声。他多珍贵，多可爱啊，像小牛犊、小猪崽、小狗崽那样招人疼——她不禁咬紧了牙关。

去猪圈生产，也许是她最后一次尽责；她要保护这孩子，就像保护他的父亲。孩子会关照她的灵魂，去她的坟头上供。可坟上不会标出她的名字，宗祠中也不会有她的牌位，这个无家可归的小小的孩子怎样才能找到她的坟呢？没有人会在宗祠中摆她的牌位。她已经将这孩子带入一片荒原。分娩时，母子二人都感到分离时撕心裂肺的痛，那伤口只有在紧密相依的家庭中才能愈合。没有父系的孩子不会让她的日子更好过，只会阴魂不散地跟着她，恳求她，问她为什么要生下自己。黎明到来时，下地干活的人会挤在篱笆周围，盯着他们看。

小鬼吃饱奶睡着了。他醒来时，她的奶涨得梆硬，得赶紧吸掉才行。天快亮的时候，她抱起婴儿，朝井边走去。

把孩子抱到井边表明她爱他。再不然就遗弃他，把他的脸埋进污泥中。母亲要是爱孩子，就会带他一起走。那很可能是个女孩，假如是男孩，倒还有被宽恕的希望。

"别告诉任何人你有个姑姑。你爸不想听到她的名字。她从来没有出生过。"我原先一直以为，性是那样说不出口，流言是那样凶猛，父辈们又脆弱不堪，以至于"姑姑"这个词会对我父亲造成莫名的伤害。我一直以为，与我们比邻而居的移民在故土也曾是邻里，因而我们得洗刷自己的名声，说错一句话便会激怒这群乡亲。但这缄默还另有含义：他们想让我参与对她的惩罚，而我也照办了。

从最初听到这个故事，一晃已经过去了二十年，我没有问过事情的来龙去脉，也没有提过姑姑的名字；我不知道叫她什么名字。人们可以告慰死者，也可以揪住死者不放，进一步伤害他们——这做法恰恰与祭拜祖先相反。真正的伤害不是村里人突袭抄家，而是自家人故意遗忘。她的不贞令他们恼羞成怒，于是他们决心让她遭受永世的惩罚，即便在死后也不得饶恕。于是她永远忍饥挨饿，永远缺衣少用，只能向别的鬼乞讨，当别的鬼接受阳间后代的祭祀时，她便抢或偷人家的供品。有些阳间的有心人为了让自己的祖先安心享用盛宴，在路口留下馒头，好引开野鬼，这时她就和其他野鬼挤在一起争食。死者们得了安息，便会像神灵，而不像鬼。后代敬奉冥钱、纸扎的衣服、纸扎的房屋、纸扎的汽车，摆上鸡鸭鱼肉和米饭——焚化纸扎祭品的火苗和青烟，一碗碗米饭飘出的香气，袅袅上升，飘入永恒。如今，为了让人们不仅仅只关心自己家的人，大家用纸人、纸钱来祭奠优秀的战士和工人的英灵，不管他们是谁的祖先。而我姑姑却永远忍饥挨饿。物质分配在死者中并不平均。

　　姑姑的亡灵纠缠着我——她的魂附在我身上，在她遭受五十年冷落之后，只有我自己将一页页纸奉献于她，虽说并未折成房屋、衣服的形状。我想，她对我也并非总是怀有善意。我在暴露她的秘密，而她是含恨自杀，自沉于井中的。中国人总是惧怕淹死的人，哭哭啼啼的溺死鬼牵拉着湿淋淋的头发，皮肤泡得肿胀，一声不响地坐在水边，等着拉人下水，好做他的替身。

白虎

我们中国女孩听大人讲故事，知道要是长大了只是做人家的妻子或佣人，人生便是失败。我们可以成为巾帼英雄，成为侠女剑客。倘若女侠的家人受到欺凌，哪怕横扫世间，她也要报仇雪恨。从前的女人可能真这么危险吧，所以才要把她们的脚给裹起来。就在二百年前，正是一位女子发明了白鹤拳。她本是棍术高手，父亲是武术教头，曾在少林寺习武，当时少林寺生活着一众武僧。一天清晨，她正在窗前梳妆，一只白鹤落在窗外。她用棍逗它，不料鹤用翅膀轻轻一扫，便将棍拨开。她大为惊异，冲出门去，想用棍将它从枝上打下来，可是啪的一声，那根棍竟被白鹤一折两段。她看出它具有非凡的力量，便恳求鹤仙传授武功。白鹤报之以鹤唳，如今练白鹤拳的人仍在模仿这种啸叫。后来白鹤化身为一位老者，回来指点她拳术多年。就这样，她为世间创造了一门新的武术。

　　这不过是一则较为驯顺、较为现代的故事，只是粗略的介绍。几年间，妈妈还讲了别的故事，故事中的女剑客穿林越莽，出入皇宫。夜复一夜，妈妈给我们讲故事，直到我们酣然入梦。我不知道故事何时结束，梦境何时开始。睡梦中，妈妈的声音便是侠女的声音。到了星期天，我们去孔庙看电影，从正午看到午夜。我们看女剑客们平地一跃，便可蹿房越脊，连助跑都用不着。

终于，我也看到了自己身上的非凡力量，那就是妈妈讲的故事。长大后，我听到有人唱花木兰，那个替父从军的女孩的故事。刹那间，儿时的记忆涌上心头，我记起跟着妈妈在屋里一起唱花木兰，唱她奋勇杀敌，功成身退，回到自己的村庄。我已经忘记了那首歌曾经属于我，是母亲教给我的，也许连她自己也不知道那歌声是多么有力的提醒。她说过，我长大了会做妻子，做佣人，可她却教给我《木兰辞》，那位女勇士的歌。长大后，我必须得成为女勇士。

那召唤来自我家屋顶上飞翔的鸟儿。在水墨画中，鸟儿像是中文的"人"字，有一对黑色的翅膀。那只鸟儿会掠过太阳，凌空飞入山间（那山看上去也像中文的"山"字），山中的迷雾迅速分开，又旋即合拢，变回不透明的颜色。跟随鸟儿离家进山那天，我应该是个七岁的小姑娘。一路上，荆棘会挂掉我的鞋子，岩石会硌破我的十指和双脚，但我会一直攀登，仰着头，眼睛追逐着鸟儿的踪迹。我们会围绕最高的山峰，一匝又一匝，盘旋向上，越攀越高。渴时我便从河中饮水，我与那条河一次又一次相逢。我们会攀到极高处，连上面的植物也与山下不同，流过村庄的那条河会变成瀑布。在鸟儿通常会消失的高空，云雾茫茫，颜色如同洗砚池的水，笼罩着世界。

即便已经适应那种灰蒙蒙的颜色，我还是只能看到，山峰如同铅笔涂出的阴影，岩石如同炭笔擦出的皱褶，一切都朦胧混沌，只有两撇黑色——那只鸟儿。我置身云雾之中——云雾是巨龙的气息——不知道过了多少时日。突然间，毫无声息地，我一下子闯入一片金黄的温暖世界。清新的树木随山势向我俯下身来，可当我转回头寻找我的村庄时，它却早已遁入云层之下。

那只鸟儿，此时沐浴着金灿灿的阳光，敛羽而落，栖在一座茅屋顶上，而在鸟爪踏上之前，那茅屋一直隐迹于山坡，与之浑然难分。

门开处，一对老翁老妪走出来，手中端着米饭和汤，还有一枝带绿叶的桃子。

"小姑娘，今天吃过饭了吗？"他们寒暄道。

"吃过了。"我出于礼貌答道，"谢谢。"

"还没呢。"现实生活中我会这样说。中国人老说谎，这让我很恼火。"我要饿死了，你们有饼干吗？我喜欢吃巧克力饼干。"

"我们正要坐下吃饭，"老妪说，"跟我们一起吃吧。"

他们把饭摆在松树下的长条桌上，恰好是三碗米饭，三双银筷子。他们递给我一枚鸡蛋，就像我过生日时那样，还摆上了茶，既然他们比我年长，我便为他们斟茶。那茶壶和饭锅仿佛深不见底，可也许并非如此。那对老夫妇只是吃桃子，饭吃得很少。

当群山和松林化为青色的牛、青色的狗和青色的站立的人群时，老两口邀我在茅屋中留宿。想到下山的路很漫长，又漆黑吓人，我欣然从命。茅屋里面仿佛与外面一样宽敞，厚厚的松针在地上铺成图案，松针按年份仔细地分成绿色、黄色和棕色摆好。我踏上去，不小心弄乱了线条，松针被我的脚踢起，混合成了泥土的颜色，可老翁和老妪却步履轻盈，走在地上的图案上，松针竟纹丝不乱。

房子中间有块凸起的岩石，那是他们的桌子。凳子是倒伏的树。一面墙就是山坡，上面长着蕨类植物和喜阴的花朵。老两口安顿我睡在一张与我的身体同宽的床上。"呼吸要平稳，不然你会失去平衡掉下去的。"老妪说着，给我盖上一条填充了羽绒和香草的丝绸袋子。"学戏的人五岁开始练功，就睡这样的床。"说罢二人走了出去。透过窗户，我看到他们拉了一下拴在树杈上的绳子，绳子系在屋顶上，屋顶便像篮盖一样揭开。我将伴着星星月亮入眠。我不知道那两位老人是否睡觉，因为我立刻沉入了梦乡，第二天早上他们会唤醒我吃早饭的。

"小姑娘，你和我们待在一起快一天一夜了。"老妪说。晨曦中，我看到她耳垂上戴着金耳环。"和我们一起生活十五年，你觉得受得了吗？我们可以把你培养成一名勇士。"

"那我父母怎么办呢？"我问道。

老翁解下背上的一只水葫芦，提着把儿揭开盖子，在水中寻找着。"啊，你瞧。"他说。

起初，我只能看到水，清澈得将葫芦内壁上的纤维都放大了。水面上，我只能看到自己圆圆的倒影。老翁用拇指和食指捏住葫芦的颈一晃。水面一阵动荡，而后平静下来，光与色闪闪烁烁，构成一幅图画，上面不再是我周围景物的倒影。只见在葫芦底上，我父母正眺望天空，也就是我所在的地方。"看来事情已经发生了，"我听母亲说，"没想到会这么快。""她一生下来，你就知道她会被带走的。"父亲答道。"今年收地瓜，不能指望她帮忙了。"母亲说。说罢，他们挎上草篮，转身下地干活去了。水面一阵晃动，又变回了水。"妈妈！爸爸！"我叫道。可他们已经走进山谷，听不到我的呼喊了。

"你怎么打算？"老翁问道，"你要是愿意回家，现在就可以走，回去挖地瓜。你也可以留下来，跟我们学习怎样同蛮敌和匪徒作战。"

"你可以为全村人报仇，"老妪说，"你可以夺回被盗贼抢走的粮食。你的侠义之举会被汉人铭记在心。"

"我留下，和你们在一起。"我说。

于是，茅屋成了我的家。我发现，地上的松针并不是老妪用手排列出来的。她掀开屋顶，便有一阵秋风吹起，松针随即一绺绺飘下来——落成一绺绺棕色，一绺绺绿色，一绺绺黄色。老妪像指挥家一般挥舞双臂，口中轻轻吹气。我想，大自然在山上和山谷中的运行方式真是不一样。

"你要学的第一件事，就是保持安静。"老妪说。他们带我到溪水边，等候动物到来。"你要是弄出声响，鹿就不来喝水了。"

等我能够一跪一整天，呼吸平稳，腿不抽筋时，松鼠便会把松果藏在我衣服的下摆底下，然后翘起尾巴跳舞相庆。夜里，老鼠和蛤蟆盯着我，眼睛如同迅疾的星星和迟缓的星星。可我一次也没见到三条腿的蛤蟆，你得用几串钱才能引它们出来。

两位老人带我练功，从黎明到日落，我看到我们的影子从地上冒出来，拉长，缩短，又拉长。我学会了旋转十指、双手、双脚、脑袋，还有整个身体。我走路脚跟先着地，脚尖冲外，成三四十度的夹角，站成"八"字、"人"字。我弯曲膝盖，迈着从容舒缓的"四方步"，在格斗中这种步子很有力量。五年后，我的身体已练得十分强壮，甚至可以控制眼睛的瞳孔，使之扩张。我可以模仿猫头鹰和蝙蝠，蝙蝠的"蝠"与祝福的"福"是同音字。六年之后，鹿让我与它们并肩奔驰。我可以自平地腾空一跃，跳起二十尺高，像猿猴一样越过茅屋的屋顶。任何一种动物都有潜藏与搏击之术，而所有这些招数，武士都用得上。当鸟儿落进我的掌心时，我可以将手心的肌肉在它爪下一收，使它无处借力，无法飞走。

可是，我不能像那只引我来的鸟儿一样展翅飞翔，除非在自由自在的大梦之中。

学到第七年（这时我应该十四岁了），两位老人把我的眼蒙住，带我去白虎之山。他俩一人架住我一条胳膊，冲我耳边喊："跑，跑，跑！"我拔腿便跑，既没有踩空跌下峭壁，脑门也没有撞到墙上，于是越跑越快。一阵风将我腾空托起，越过树根、岩石和山丘。眨眼间，我们就到了老虎出没之处——一座高山，离天只有三尺三。我们得弯下腰才能不碰到天。

两位老人挥一挥手，飘然下山，转过一棵树，不见了踪影。善射的老妪带走了弓和箭，老翁携走了葫芦。我只能赤手空拳求生存。遍地白雪，阵阵狂风夹着雪花飘落——雪是龙的另一种呼吸。我朝来时的方向走去，等走到有树的地方，我就开始捡从樱桃、牡丹和核桃树上断落的枯枝，那些是生命之树。老人曾教过我，春天开红花或结红色果实的树，秋天叶子变红的树，里面都储存着火焰。我从树下捡起未被浸湿的木柴，用头巾包好以保持干燥。我挖开松鼠可能藏食的地方，每处偷一两颗核桃，也用头巾包好。老人说过，人只靠喝水也能存活五十天。为防备找不到回茅屋的路，我要把根茎和核桃留到需要攀登陡崖时再吃，那里寸草不生，也不会有鸟儿为我引路。

第一夜，我烧掉一半柴火，蜷着身子依山而眠。我听见白虎们在火堆对面逡巡，可看不清哪是白虎，哪是雪堆。清晨，艳阳东升，我匆匆前进，一路捡柴觅食。我什么都没吃，只喝了些被火堆融化的雪水。

最初的两天很好过，不吃东西也很容易打发，我不禁为自己的力量沾沾自喜。可第三天最难熬，我不觉坐在地上，打开头巾，眼巴巴地盯着核桃和干燥的根茎。我没有继续往前走，甚至没有吃东西，而是痴想以前妈妈炖的肉，忘记自己是吃斋的。那天夜里，我几乎把捡来的柴火都烧光了，面临死亡——死是早晚的事，就算不是死在这里——我无法入睡。一些夜间出没的不冬眠的动物出来觅食，可自从与老人一起生活，我就已经戒掉了吃荤的习惯。尽管老鼠就在我身边舞蹈，猫头鹰在火堆外飞扑，我也不会逮它们。

第四天、第五天，我饿得目光锐利。我看到一头鹿，恰好有一段与我同路，便循着它的足迹而行。在鹿觅食之处，我采到了菌类，那是令人长生不老的灵芝。

第十天正午，我看到一根手指般的冰凌指向一块中间凹陷的石头，便把像大米一样白的雪放进去拍实，再在石头周围点起火。我往烧热的水中放进根茎、核桃和灵芝。为换换口味，我把四分之一的核桃和根茎生吃了。啊，一股甘美的绿汁冲进我嘴里，抚慰着我的头脑、我的肠胃、我的脚趾和我的灵魂——这是我平生吃得最香的一顿饭。

一天，我发现自己可以轻轻松松走很远的路，身上的东西也轻了。食物越来越少，我也不再停下来采集。我已踏入死亡之地。这里连雪也不下。我没有返回食物更充裕的地方，反正也不能留在那里。我下定决心，不走到离下一片树林一半的路程便不吃东西，然后便开始在干燥的乱石间穿行。木柴重重地压在背上，树枝戳在我身上，让我心烦。为节省体力，我几乎烧掉了所有的木柴，省得拖着它们走。

在死亡之地的某一处，我开始忘记计算时日，仿佛就一直这样走啊走，仿佛生活一直如此。我只能盼望有老翁老妪来帮我。我十四岁，从故乡的村庄走失。我徒劳地绕圈子。那对老人不是已经找到我了吗？还是说他们还没来找我？我想妈妈，想爸爸。那老翁老妪不过是这迷失和饥饿的一部分。

一天傍晚，我吃掉最后一点食物，但还有足够的柴火点起一堆很旺的火。我呆呆望着火苗，它让我想起帮妈妈做饭的情景，我不禁哭了起来。透过泪水望着火焰，我又看到了妈妈，真奇怪。我被照得黄澄澄暖洋洋的，困倦地打着瞌睡。

一只白兔跳到我身边，有那么一会儿，我还以为那是天上飘落的一团白雪。白兔与我相互打量着。兔肉和鸡肉味道差不多。我父母曾经教我拿酒壶猛击兔子的脑袋，然后整齐地剥下兔皮，做成毛皮背心。"这样的夜晚，对动物来说也挺冷的。"我说，"所以你也想烤烤火，对吧？那我就再添一根树枝吧。"我不会拿树枝砸它的脑袋的。我曾经向兔子学习向后蹬腿。这只兔子可能病了，因为正常说来，动物是不喜欢火的。可它看起来还是蛮机警的，敏锐地看着我，朝火堆跳过去。它跳到火堆边上，并没有停住。它又一次转过头看了看我，然后一下跳进火中。火势低了片刻，仿佛被惊得一缩身，然后火苗蹿起来，蹿得比原先更高。等火势再度平稳时，我发现兔子已经变成了烤肉，颜色焦黄，恰到好处。我吃着兔肉，明白兔子是为我牺牲了自己，它将自己的肉送给了我。

终于，我走出死亡之地，到达树林。当你在树林间走了一个钟头又一个钟头，无论眼睛往哪儿看，都除了树枝还是树枝，其他的一切都被树枝遮挡，这时你眼中会出现幻象。饥饿也改变了世界的模样——当你不能正常吃饭时，看见的东西也变得不正常。我看到两个金人在跳大地之舞。他们旋转得如此美妙，两个人合在一起便构成旋转的地轴。他们是光，是融化变幻的金子——一会儿是中国的狮子舞，中间又变为非洲的狮子舞。我听到激越的爪哇铃声，转而变成低沉的印度铃声，印度人的铃声，印第安人的铃声。在我眼前，金色的铃铛分解为金色的流苏，流苏飞扬甩成扇形，化为两领皇袍，皇袍又化作狮子柔软的鬃毛。鬃毛长高长大，变作闪亮的羽毛，之后又化作金灿灿的光线。然后，两位舞者跳起了未来之舞——一种机械舞蹈——他们穿着我从未见过的服装。在我眼前，几个世纪转瞬流逝，因为我突然间领悟到时间的真谛，它如北极星般旋转不止，又固定不移。我也懂得了为何工作与耕作都是舞蹈，为何农人的布衣也如皇帝的龙袍一样金光灿灿；我还懂得了，为何舞者总是一个是男人，一个是女人。

那对跳舞的男女长得越来越大，耀眼夺目，一片光辉。他们是两列高大的天使，背上生着巨大而洁白的翅膀。也许那些天使无穷无尽，也许我看到的不过是两个天使在不停变幻。我眼睛一眨不眨地看着，他们那样明亮，那样灿烂，刺得我的眼睛疼起来，我捂住双眼。等放下手再看时，我认出从松林中向我走来的，是那棕衣的老翁和灰衣的老妪。

幻象裂开小小的缝隙，仿佛不是由于老人的法力，而是饥饿使然。后来，只要饿的时间一长，比如在饥荒年月，或是在战场上，我就会在凡人身上看到灿灿金光。我会看到他们翩翩起舞。只要饿到一定程度，连杀戮殒命都会在我眼中幻化为一种舞蹈。

老人喂我喝热菜粥，然后让我讲讲在白虎山中的经历。我告诉他们，那群白虎尾随我穿过雪地，但是被我挥舞着燃烧的树枝击退，后来我的祖先显灵，引我平安穿过森林。我遇到一只兔子，它教给我自我牺牲，以及如何加速轮回转世：不必先变为蛆虫，而是直接化成人类——正如我们出于慈悲之心，刚刚把一碗菜粥变为人。这番话把他们逗得哈哈大笑。"你真会讲故事，"他们说，"现在睡吧，明天我们会传授你苍龙之术。"

我想说："还有一件事，我看到你们了，知道你们其实很年轻。"可话未出口，我已经昏昏睡去，那句话只是模糊的呢喃。我是想告诉他们我在旅程的最后一刻看到的景象，但那只是我离开的几周中的最后时刻而已，要把这一切原原本本讲给他们听，恐怕得讲到第二天早上。再说了，这些事两位老人肯定早已了然于心。在以后的几年中，每当我猛然看到他们，或用眼角余光瞅他们时，就看到那老翁其实是位英俊的青年，身材高大，乌发披拂，那老妪则是美丽的女郎，赤裸着修长的双腿在林间飞奔。春天时，她打扮得如同新娘，身着一袭黑色绣衣，发间簪着桧树的叶子。我射箭已练得百发百中，那是由于师父替我举着箭靶。当我的眼睛顺着箭杆瞄准时，经常瞥见旁边站着韶华男子或妙龄女郎，可每当我转过眼睛正视，他们又变成白发老者。到此时，我已由他们相近而不相亲的举止看出，那老妪并不是老翁的妻子，而是姐妹或朋友。

通过生存考验回来之后，两位老人训练我学习苍龙之术，历时又是八载。模仿老虎的性情，学习它如何发怒，如何追踪猎捕，自有一种野蛮嗜血的快感。寻虎易，知龙难，要有成年人的智慧方可实现。"你得由看得见摸得着的一鳞半爪推测龙的全貌。"老人告诫我。龙与虎不同，龙体形庞大，见首不见尾，无法窥其整体。但我可以在崇山峻岭之间探寻，那是龙的头顶。"这些山岭也巍峨轩昂，与别的龙的头顶相差无几。"老人会这样说。在山坡上攀登时，我清楚自己不过是巨龙脑门上的一只跳蚤。巨龙在苍穹间遨游，与我的速度相差如此之大，甚至让我感到龙是坚实稳定、岿然不动的。在矿坑中，我可以看到岩层，那是龙的血脉和肌肉；可以看到矿石，那是龙的牙齿与骨骼。我还可以触摸老妪佩戴的宝石，那是龙的骨髓。我曾在泥土中耕作，那是龙的肌肤；我收割的五谷和攀爬的树木，都是龙的须发。我在雷鸣中听到龙吟，在风中感受龙的呼吸，在云间看到龙的气息。龙的舌头是闪电，闪电向世界发出的红光绚丽而祥瑞——在血中，在罂粟花中，在玫瑰花中，在红宝石中，在鸟雀的红色羽毛上，在红鲤身上，在樱桃树中，在牡丹花中，在龟和野鸭的红眼圈上。春回大地时，巨龙从沉睡中苏醒，我看到它在江河之中翻腾。

我看到的最接近整条龙的东西，是有一次我见老人把一棵三千年老松的一段树皮割开。树脂从树皮下蜿蜒奔涌而出，如同一条条龙。"等你老了，要是打算再活五百年，你就回来，饮下十磅这样的汁液。"老人说，"但是现在别喝。你年纪尚幼，还不能决定想不想长生不死。"老人打发我到暴风雨中采摘绛云草，这种草是龙火龙雨凝成的精华，只在暴风雨中生长。我将绛云草的叶子采来，交给老翁老妪，他们吃了下去，以求长生不老。

我修炼自己的心胸，使之如宇宙般博大宽广，好容下各种各样的悖论。珍珠是龙的骨髓，却又是从蚌壳中长出来的。龙生活在天空、海洋、大泽和高山之中，可高山又是龙的脑袋。龙的声音是隆隆雷鸣，又如铜锅般叮叮当当。龙的呼吸是火，又是雨。龙有时独一无二，有时数量众多。

我每天练功。下雨天我冒雨练习，庆幸不必在田里刨地瓜。刮风时我顶风练习，像风中的一棵树，任狂风摇撼。我庆幸现在不用扑哧扑哧地踩鸡粪了，以前我常做这样的噩梦，如今这样的噩梦也很少做了。

每到新年的早晨，老翁便让我看看他的葫芦，葫芦里的水映出我的家人。他们正在享用一年中最丰盛的宴席，我想念他们。我曾经备受疼爱，当大人们将红包塞进我们兜里时，爱也顺着他们的指尖流入我们心中。两位老人不给我压岁钱，可是十五年来，他们每年都送我一颗珠子。我打开红纸包，捻着珠子玩一会儿，他们再收回替我保管。同平时一样，我们过年也吃素。

通过观察葫芦中的水，我也可以追踪今后要惩处的人。那些大腹便便的男人，那些肥头大耳的男人，他们花天酒地，骑在赤身裸体的小女孩身上发泄兽欲，浑不知我正盯着他们。我看到那些有权有势的人数着白花花的银子，也看着食不果腹的人点着可怜的铜板。当匪徒抢劫后带赃物回家，我等着他们摘下面罩，好看清是谁在偷盗邻居的财物。我捉摸将军的面孔，他们脑后戴着颤巍巍的花翎。我也默记叛贼的嘴脸，他们脑门上缠着狂热的诅咒。

每当葫芦中出现古代经典战事的画面，老翁总会指出对阵双方英雄的长短优劣。比武本是一门从容优美的古老艺术，却被战争给糟蹋了。我看到一位年轻武士正向对手抱拳施礼，却有五名村夫从他背后一拥而上，挥起镰刀、锤子，对他一阵乱砍乱砸，而他的对手竟然没有警告他。

"卑鄙小人！"我愤怒地喊道，"我用什么办法对付小人才能取胜呢？"

"不必担心，"老翁说，"那可怜的后生是个新手，你不会像他那样遭人暗算的。你能像蝙蝠那样眼观六路，耳听八方。你要用一只手抵住那些村夫，另一只手杀死对手。"

来月经时我也照常练功，而且和平时一样身强力壮。来初潮的时候，我上山习武已经过了一半岁月。当时我以为是自己在刀剑上腾跃时受伤流了血。那两柄剑，一柄由精钢打造，一柄由整块玉石雕成。老妪对我解释道："你已经成年，可以生儿育女了。"接着她又说，"可是，我们希望这几年你先不要生。"

"那我能不能用你教我的抑控之术止住流血呢？"

她说："不可。人总不能不拉屎撒尿吧，经血也是同理。随它流吧。"

那一天，为安慰我不能与家人相伴的孤寂，他们允许我看葫芦里的情景。我们全家正去河对岸拜访亲友，大家盛装打扮，互赠点心糕饼。那里正在举行婚礼。我母亲对主人家说："多谢你们娶了我家小女。不管她身处何地，现在都会十分高兴。要是她还活着，一定会回来的，要是她已做了鬼，你们也让她列入宗祠。我们真是感激不尽。"

是啊，我是很高兴。我心中充满着他们的爱。我的新郎是我童年的玩伴，青梅竹马，两小无猜。他那么爱我，为了我竟愿意与鬼做夫妻。等我回到山村，不是鬼魂，而且身强体健，我们该多高兴啊！

凑近水面，我细细端详我丈夫那英俊的面庞——看着看着，忽见他脸色变得煞白——伴着马蹄杂沓、马挂銮铃之声，一队披甲执锐的骑兵骤然而至。我们家的人顺手抄起可以当武器用的家什物件：炒勺、沸汤、刀子、锤头、剪刀。但我父亲说了一句："他们人多势众。"于是大家放下武器，站在门边静静等待。门户大开，仿佛要迎接客人。一队骑兵在我家房前站定，远处的步兵也渐渐逼近。骑手中有一人身穿银甲，盔甲在阳光下熠熠反光，他展开手卷大声宣读，黑色的胡须一开一合，露出红色豁口般的大嘴。"你们老爷答应在此地抽五十名壮丁，一家出一名。"接着，他开始一家一家点名。

　　"不！"我冲着葫芦大叫。

　　"我去。"我最年幼的弟弟对父亲说，我的新婚丈夫也这样对他的父亲说。

　　父亲说："不，我自己去。"可女眷们拉住他不放。士兵们走了，带走了我的丈夫和弟弟。

　　葫芦里的水仿佛被行军的脚步搅动，翻腾起来，等水面再次平静（我大喊："等一等，等一等！"），映出的却是些陌生人。那是财主和他的家人，满满一大家子，在他们家的祖宗像前磕头，感谢神灵保佑，免了他们的兵役之灾。我看到财主那张肥猪脸，嘴里嚼着上供用的猪肉。我将手猛地插入葫芦中，向那粗肥的喉咙抓过去，他登时化为碎片，溅了我一脸一身的水。我把葫芦反过来，将水倒光，并不见小人儿从里边翻滚出来。

　　"我现在为什么不能去帮他们？"我叫道，"我可以带那两个男孩跑，一起藏进山洞里。"

"不行，"老翁说，"你还没有准备好，你才十四岁，去了只会白白受伤。"

"你得等到二十二岁的时候，"老妪说，"那时候你长大了，武艺高强，有万夫不当之勇。你要是现在去，只会送死。且不说我们训练你七年半，白费了功夫，你们的百姓也会失去一位勇士。"

"我现在就救得了那两个男孩。"

"我们辛辛苦苦培养你，不只是为救两个男孩，而是为拯救许许多多的家庭。"

那是自然。

"你们真认为我有那么大本领——可以力敌千军？"

"就算你的对手都是像你这样受过训练的士兵，他们大多数也不过是男人，粗手笨脚，野蛮鲁莽，而你有你的优势，不要急躁。"

"你可以经常从葫芦里看看你丈夫和弟弟。"老翁说。

但我已经不再为他们担心了。我能感到心中有扇木门合上。我在村子里的时候就已经学会，动物要是为屠宰而饲养，我就可以不再爱它们。可要是有人说，"这一只是宠物"，我的心就立即敞开，爱也重新涌出。我们以前也失去过男人，表兄堂弟，叔叔伯伯，他们或被征去从军，或卖身学徒，身份堪比奴婢。

想到那些将要丧命的人，我的心在流血；想到那些尚未出生的人，我的心在流血。

在山中习武的那些年，除了两位老人，我从不曾与别人说话。

但在我看来，他俩便是芸芸众生，而葫芦之中便是大千世界，大地如同巨龙嬉戏的一颗碧蓝色的珍珠。

当我举手指天，便可使日光中闪出一道银色霹雳，化作一柄宝剑，并可用意念控制它砍杀削劈时，两位老人说我可以下山了。老翁最后一次打开葫芦让我看。我看到财主家的信差离开我家，父亲正说："这次我得亲自出征了。"我要赶紧下山替他从军。老人将那十五颗珠子交给我，遭逢大难时可以助我逢凶化吉。他们还赠我一身男装和一套盔甲。我们躬身作别。那只鸟儿在我头顶飞翔，伴我下山而去。行出几里地，每次我回头寻找老人的踪迹，总会看见他们。我看到他们站在迷雾之间，看到他们站在云层之上。等我越走越远，山顶上的松树已经缩成小点，他们高大的身影依然屹立在山巅。他们很可能是把自己的身影留在那里，好让我招手，而真身早已去忙别的事了。

回到村庄时，我的父母已经像我再也看不到身影的师父那样苍老。我帮父母扛着农具，他们怕累着我，一个挎篮子，一个扛锄头，腰杆笔直地在我前头走，偷偷落着泪。全家人围住我，爱意融融，让我几乎忘记离家的那些人。我还夸赞了那些新出生的宝宝。

一个小堂妹说："有人说八仙把你带走学法术了，还说你被八仙变成一只鸟，飞去找他们了。"

"也有人说你进城去当妓女了。"另一个堂妹咯咯笑着说。

我说："你们可以对人说，我遇到了两位师父，他们愿意教我学本事。"

"我应征从军了。"父亲说。

"不，父亲，我替您出征。"我说。

我父母杀了一只鸡，整只蒸熟，如同欢迎回家的儿子。可我早已断了吃荤的习惯。我吃了些米饭和青菜，然后睡了长长的一觉，为出征养精蓄锐。

早上，父母将我唤醒，让我跟他们去祠堂。母亲说："穿着睡衣吧，先别换。"她手里拿着盆子、毛巾，还有一壶热水。父亲拿着一瓶酒、一方砚台、几支笔，还有几把大小不等的刀子。"随我们来。"他们已经止住了重逢的泪水。我仿佛嗅到一种不祥的气息——金属的气味，带铁锈味的血腥气，如同女人分娩的气味，如同牲畜被宰杀献祭的气味，如同我来月经时梦到一片血红时的气味。

母亲在祖先灵位前的地上摆上一个软垫。"跪下，"她说，"脱下上衣。"我背对他们跪下，免得大家尴尬。母亲为我擦洗后背，仿佛我离家不过一天，还是她的小宝宝。"我们要把仇恨刺在你的背上。"父亲说，"我们要写下誓言和仇人的名字。"

"无论你走到哪里，无论发生了什么，人们都会知道我们做出的牺牲。"母亲说，"你也会牢记不忘。"她是说，就算我战死沙场，人们也会把我的尸体当作武器，但我们不愿把死字说出口。

父亲先以笔蘸墨，在我背上振腕疾书，自上而下，写下一行行字。然后开始以刀刻字，细线和点用细刃，粗重的笔画用宽刃。

母亲接着血，用蘸了酒的湿毛巾擦拭伤口。伤处疼痛难忍——伤口刺痛，空气灼热，酒精浸在伤口上一阵冰凉，然后又是一阵火辣辣的疼——痛楚千变万化。我抓住膝盖，又放开，可无论抓紧还是放松，都无法缓解疼痛。我想哭，想叫，若不是经过十五年的修炼，我早已疼得满地打滚，需要人摁住才行。仇恨一条一条绵延不尽。假如我被敌人剥皮，皮肤会像镂空花边一样透出光来。

最后一字刻完，我仆倒在地。父母齐声朗诵了刻在我背上的字，然后让我去休息。母亲用扇子为我扇着背。"背上的伤痊愈之前，你就留在我们身边。"她说。

等我能坐起身时，母亲给我拿来两面镜子，我可以从镜中看到后背上刺满一排排密密麻麻的红字黑字，如同列列军队，我的军队。父母悉心照料我，仿佛我是战功赫赫的伤员。不久，我的体力便恢复了。

一天，我正在擦拭铠甲，一匹白马步入中庭。此时大门紧锁，它是由月洞门进来的。那白马气宇轩昂，有王者气派，马鞍、笼头、缰绳齐备，颈下红、金、黑三色缨穗飞舞。马鞍上雕着蟠龙猛虎，大小也正合我用。白马以蹄刨地，似在催我出征。白马靠近我这一侧的前后蹄上，各有一个"飞"字。

我和父母一直在等待这样的兆头。我们从马背上卸下褡袋，在里面装满药膏、草药、洗头用的蓝草、换洗衣服和桃脯。他们让我选是带银筷还是象牙筷，我选了较轻的银筷。那感觉如同准备嫁妆。同族的兄弟姐妹和乡亲们送来黄澄澄的橘子酱、绸缎衣裙，还有银绣花剪刀。还有人送给我几只青花瓷碗，碗中盛着水，水中游着鲤鱼，碗的外面也画着鳍如橙色火苗的鲤鱼。所有的礼物我都收下了，包括桌子和坛子，虽然不可能都带上。出门时我只选了一口小铜锅，既可用来烧饭，也能当碗用，省得我到处找碗状的石头或龟甲。

我换上男装，罩上盔甲，头发像男人那样绾起。"你真漂亮！"大家赞叹道，"她真漂亮！"

一个小伙子跨出人群，样子很面熟，仿佛是师父的儿子，或者是师父在我眼睛余光中看到的样子。

"我要跟你去。"小伙子说。

"好，你是我麾下的第一名士兵。"我告诉他。

我飞身上马，端坐其上，感到自己高大威武，对这匹骏马暗暗称奇。突然，一名骑黑马的骑手仿佛自天而降，飞马驰来，惊得众人纷纷散开，只有我那名士兵仍镇定地立在路中。我抽出宝剑。"且慢！"骑手举起没有持兵刃的手大喊，"且慢，我是专程来投奔你的！"

到此时，村民们才将他们真正的礼物献出来——他们的子弟。上次抓壮丁时，很多人家把儿子藏了起来，这次他们主动要求随我出征。我只选了那些不是家中独子的年轻人，还有那些眼中透着英气的人。刚刚做了父亲或家里舍不得的，我都让他们留下。

许多打江山的人和我们一样，也是农民。他们揭竿而起，向北方挺进，去推翻帝王时，装备还不如我们。成千上万的百姓在干涸的土地上放下锄头，举头北望。我们坐在被龙王吸干湿气的土地上，将锄头磨得飞快，之后便不远万里朝皇宫进发，向皇帝面陈灾情。若是面南背北的皇帝得知四面八方的农民正昼夜兼程地奔赴京城，一定会惊得魂飞魄散。然而历代的亡国之君大概都没有坐对方向，不然他们就会看到我们的苦难，不会坐视我们忍饥挨饿，那样我们也不会怨声载道。农民们会推举真正熟知土地的农民或知道挨饿是什么滋味的乞丐做皇帝。

"多谢父母大人。"临行前，我对父母说。他们已经在我背上刺下他们的姓名和住址。我会回来的。

通常情况下，我牵马与士兵并肩而行。但有时候我们会遇到别的队伍，一股股土匪，成群结队的流民，或是带着一帮徒弟的武师，这时我便一马当先，骑马执刀的士兵簇拥左右，威风凛凛，以震慑对手。小股的土匪会归顺我们，但遇到实力与我们相当或更强的队伍，便免不了一场战斗。我大吼一声，挥舞双剑直取敌军首领。我催动胯下战马，放纵求战心切的士兵奋勇杀敌。我双腿一夹战马，腾出双手舞剑如飞，周身被绿色银色的寒光围绕。

我鼓舞士兵们的士气，还把他们喂饱。夜晚，我唱起光荣的战歌，那些歌从天上飞入我的脑中，一张口便源源而出，嘹亮的歌声回荡在整个军营中。我的队伍绵延三里多长。我们缝制旗帜，还在胳膊、腿和马尾上系上红布。我们的军装也是红色的，这样一进村子，村里便像过年一样喜气洋洋，于是大家踊跃参军。我的军队从不奸淫妇女，只在粮食充裕的地方征收军粮，所到之处秩序井然。

我们已经兵强马壮，建起了一支强大的军队，足以攻城克地，剿灭我在葫芦中看到的敌人。

第一个对手竟是一位巨人，远比我在葫芦中看到的小不点儿敌将大得多。冲锋时，我盯住首领，他直冲我扑过来，个头越来越大，我必须仰头看他，脖子便暴露在他的刀锋之下。于是我低头寻找他庞大身躯上的死穴，先是一剑砍掉他的腿，就像陈鸾凤[①]砍掉雷公的腿一般，巨人向我栽倒过来，我又一剑斩下他的首级。刹那间，他现出原形，原来是一条巨蛇，咝咝叫着滑走。双方将士被这一幕惊得目瞪口呆，战斗也戛然而止。巨人的魔咒已破，他手下的士兵发现首领竟是一条蛇，便纷纷倒戈，效忠于我。

大战后一片寂然，我举目眺望山巅；也许我的两位师父正在观战，知道我晓得他们在看我，他们会开心的。他们要是看到葫芦里有一个小不点儿在冲他们眨眼睛，会开怀大笑的。但我看到远处一座能够俯瞰战场的绿色山崖之上，巨人的妻妾正在痛哭。她们刚才下轿观战，此时正相拥哀泣。那是两姐妹，仿佛天边的一对小仙女，从今往后便成了寡妇。她们拽出长长的水袖拭泪，水袖在山风中飞舞，如同白色的丧服。良久，她们返身登轿，被仆人抬走。

我率领大军一路北上，几乎所向披靡。皇帝亲自派兵追击我，那些人正是我寻找的仇人。有时候，他们兵分两路或三路夹击我们，有时候我骑马走在队伍前头，他们便乘机伏击我，但我们总会大获全胜。战争与文学之神关公在前面护佑着我，我自己也将成为传奇人物。如今我的队伍越来越壮大，很多士兵没有见过我，有一次我听到他们说，每当我们身处险境，只要我一挥手，敌人便溃不成军，

①见唐代裴铏著传奇小说《太平广记》三九四卷。当时大旱，陈鸾凤责怪雷神不造福百姓，便挥刀砍断其左腿，于是天降大雨，旱情得以缓解。

横七竖八地倒在战场上。人头大小的冰雹从天而降，闪电如刀剑般凌空劈下，但从不会伤及我的士兵，用他们的话说是"他的手下"。我从来没有告诉他们实情。旧时，一个女人要是胆敢假扮男人从军或参加科举考试，哪怕她英勇无敌，或金榜题名，都是要被处死的。

一个春日的早晨，我在大帐中修理兵器，缝补衣服，研究地图，忽听帐外有人道："将军，我能否进帐拜见？"大帐如同我的家，从不许外人入内。因为家人不在身边，我的大帐也从没有人进过。河岸、山坡、松下绿荫，在中国，到处都有地方供士兵相聚。我挑开帐帘，阳光下站着的竟是我的丈夫，怀里满满地抱着野花。"你真美，"他真心实意地说，"我一直在找你。自从那天你和鸟儿一起飞走，我就一直在找你。"童年伙伴终于重逢，此时已经神秘地长大成人，我们感到欣喜万分。"我一直追着你跑，可你跳过几块岩石消失不见了。"

"我也一直在找你。"我说。大帐变得温暖而舒适，如同小时候过家家的秘密小屋。"一听说哪儿有出色的勇士，我就去看是不是你。"我说，"我看到你和我成婚了，你能娶我为妻，我很开心。"

他为我褪去上衣，看到我背上疤痕斑斑的字迹，哭了起来。他解开我的头发，遮住我背上的字。我转过身，抚摸着他的脸庞。青梅竹马的伙伴，初次相亲的爱人。

就这样，我有了伴侣。我和丈夫像儿时在村子里玩打仗游戏的一对小兵，一路上并辔而行，战场上并肩杀敌。后来我有了身孕，怀孕的最后四个月，我穿着改大的盔甲，看上去像一个孔武有力的粗壮大汉。我像一个大腹便便的男人，和步兵一起行军，免得骑马动了胎气。如今我脱掉衣服的样子很奇怪：背上刺满了字，胎儿撑得肚子圆鼓鼓的。

我只有一次避不出战，就是生孩子那天。我夜夜做梦，漆黑的梦境中银星闪烁，我看到孩子渐渐下落，离地面越来越近，他的灵魂就是一颗星星。快要分娩的时候，最后一束星光落进我腹中。我劝丈夫上阵杀敌，但他非要留在我身边陪我说话。他为婴儿接生，是个男孩。他把孩子放在我胸前。"这东西怎么办？"他捏着靠近婴儿肚子的那段脐带问。

"系在旗杆上晾干吧。"我说。我们在家的时候都见过一个盒子，里面盛着所有孩子的脐带。妈妈会告诉我们姐弟几个说："这个是你的，这个是你的。"她竟然都记得，真让我们惊异。

我们缝了一个吊兜，将婴儿包在我宽大的盔甲中，随后催马上阵，冲入战斗最酣之处。那段脐带随着旗帜在风中猎猎招展，令人失笑。夜晚，回到大帐，我让婴儿趴在我背上。那吊兜由红缎紫绸缝制而成，四根绣着涡旋纹图案的带子由我的胸前绕到背后，再绕回身前的口袋边系住。口袋里缝进一枚硬币、一粒种子、一颗核桃和一枚桧树叶。我在吊兜背面缝上一个三角形的小被子，中间是红色的，底下衬着两层深浅不同的绿布，正好护住孩子的后颈，为的是图个吉利。我弓着身子走路，宝宝贴在我身上取暖，他的呼吸与我同步，他的心也与我的心一起跳动。

宝宝一个月大时，我们给他取了名字，剃了胎发。丈夫找来两枚鸡蛋庆祝满月，我们把鸡蛋包在旗子里煮，把鸡蛋染成红色，然后将剥壳的鸡蛋在宝宝的小脑袋上滚，滚过他的眼睛、嘴唇，他的小翘鼻子、小脸蛋儿，他可爱的小光头和囟门。我的马背褡裢里放着干柚皮，便拿出来熬水，用柚皮水洗头洗手，并把柚皮水擦在宝宝的脑门和双手上。然后，我把孩子交给丈夫，让他送回老家去，并把我们在战斗中缴获的钱都转交给我的家人。"走吧，"我说，"趁孩子小，还不认识我。"我要趁孩子眼睛还看不清东西，趁他的小拳头像娇嫩的花苞一样时，把孩子送走。我把衣服改瘦，又变回了那个身材苗条的小伙子。只是如今的我孤孤单单，大帐里空空落落，我只好在大帐外面睡。

我的白马将水桶踢翻，站在上面跳舞，叼起斟满酒的酒杯。身强力壮的士兵把马抬起来放进大木盆中，看它伴着石鼓和笛子的乐声跳舞。我与士兵们一起投壶取乐，可这些把戏再也不像原先那么好玩了。

在这段孤独的日子里，我一听到啼哭声便会溢奶，人也变得魂不守舍。看到野花我也会分心，循着野花，东采一朵，西采一朵，孤身一人走进树林。突然间，一群敌兵从树后面窜出，从树杈上跃下，向我扑来，他们的首领如同葫芦中跳出的怪物，向我逼近。我拳脚并用，拼力抵挡，怎奈寡不敌众，被他们按倒在地，那首领拔出剑来。我心中一急，登时一柄利剑横空飞出，纵劈斜刺，寒光凛凛，我想到哪儿，它便砍向哪儿。那首领先是愣愣地看着那柄无人掌控的利剑对他的手下砍砍杀杀，突然间纵声狂笑。那笑声仿佛一声信号，只见凌空又飞出两柄剑，与我的剑你来我往，杀在一处，铿锵之声不绝于耳，我感到脑中一阵金属撞击的震颤。我用意念驱使我的剑奋力反击，并伺机去取那操控另外两柄剑的脑袋。可是那人法力高强，震得我脑子嗡嗡作痛。三柄剑在空中时分时合，杀得难分难解，剑锋相交处铮铮锐响。我那剑不能自动杀敌，需要我盯住它像指挥木偶一样方可操控，我便冷不防被那怪揪住了头发，一把匕首抵住我的咽喉。"啊哈！这是何物？"怪物说着，从我的上衣内扯出珠袋，割断穗带。我去抓他的胳膊，但他的一柄剑冲我直刺下来，我就地一滚，躲开剑锋。这时一匹马飞奔而至，那怪纵身上马，手中攥着珠袋，一溜烟遁入森林之中。那两柄剑为他断后，直到我闻听他大吼一声："某在此！"那两柄剑才飞入他腰间。如此看来，刚才与我交手的，竟是用自己两个儿子的血铸剑的那位皇子。

我奔回队伍，召集起快骑手追击敌人。战马风驰电掣，如同浪尖上奔腾的水做的白马。眺望平原，只见敌军正往地平线逃窜，身后卷起滚滚烟尘。我凝起雄鹰目力，向远处观瞧，只见那怪物一晃珠袋，倒出一颗珠子，甩手向我们抛来。结果什么也没有发生：没有雷鸣电闪，没有山崩地裂，天上也没有降下人头大小的冰雹。

"停下！"我命令骑兵们，"咱们的马累了，我不打算继续往南追了。"余下的战斗要靠我自己取胜，要慢慢来，没有捷径可走。

我站在城外的山头上，脚下一条条道路如同河流般延伸，路与路之间的树林平原仿佛也在动荡；大地上人潮涌动，万众一心的百姓朝京城进发，破烂的衣衫在风中飘荡。我深知那种无边的喜悦。

历经千辛万苦，我们千百万人中终于有一部分人会师京城。我们找到皇帝，砍掉他的脑袋，清理朝廷，推举一位农民称帝，他将建立新的秩序。他一身褴褛登上皇位，面南而坐，我们如同一片海洋，对他拜了三拜。他任命我们中的一些人为第一批将领。

我对追随我来的人说，他们可以回家了。可既然长城离此不远，我想去看一看，他们要是愿意，也可以与我同往。这些人与我出生入死，同甘共苦，舍不得就此分开，便随我一起奔赴北疆。

我抚摸着长城，抚摸那一道道石缝，将手贴在修长城的苦役用手抹出的一道道沟槽中。我们将额头抵着城墙，脸颊贴着城墙，像寻夫不得的孟姜女一般放声恸哭。在北行的路上，我没有找到弟弟。

我带着新君登基的消息回到家乡，那里还有一场战斗等着我。逼迫弟弟做壮丁的财主依然横行乡里。我与手下的士兵在路口桥头道别，孤身一人攻打财主家的庄院。我纵身跃过两道院墙，双膝一弯落到地上，拔剑在手，随时准备出击。没有人上前阻拦，我还剑入鞘，像客人一样在院中大摇大摆地走着，最后找到那财主。他正在数钱，戴满戒指的粗胖手指噼里啪啦地打着算盘。

"你是何人？所为何来？"他说着，胳膊一圈，将钱揽入怀中。他那四平八稳的坐姿，如同大腹便便的神像。

"我要取你性命，清算你对村里人犯下的罪行！"

"我又没得罪你，这些钱都是我的，不是偷你的，是我自己挣的。我从来没见过你。你到底是何人？"

"我是来报仇的女人。"

老天爷，他竟做出一副媚态，赤裸裸地谄媚我："哦，别发火嘛。要是有机会，谁不玩女人啊。她们家里巴不得赶紧打发掉她们呢。常言道'女娃好比米中蛆'，'宁养呆鹅，不养女仔'嘛。"这正是我最痛恨的俗话。

"趁我还没杀你，赶紧忏悔吧！"我说。

"我又没做出格的事，别的男人，包括你，处在我的位置也会这么做。"

"你抢走了我弟弟！"

"我把学徒都放了啊。"

"他不是学徒。"

"战乱时期国家总得有人打仗嘛。"

"你夺走了我的童年！"

"我不明白你说什么。咱们连面都没见过，我也没做对不起你的事。"

"瞧你干的好事！"我扯开上衣，让他看我后背上的字，"你要为此负责！"他看到我的胸脯，一愣，见此，我挥剑在他脸上划了一道，又一剑斩掉他的脑袋。

我整好衣襟，打开房门让村里人进来。财主的家眷和家丁有的躲进橱子里，有的藏在床底下。村民将他们拖到院子里，在铡刀旁审讯。"是不是你抢走了我们的粮食，害我的孩子吃野菜？"一个农民哭着质问。

"我看到他偷种子了。"另一个人指证。

"匪徒来我家抢劫,我们躲在茅屋顶上。他摘掉面罩,我们看到他了。"村里人放过了那些可以改邪归正的人,其他的都被斩首。他们的脖子被按在铡刀下,铡刀落得很慢。有一个家丁,刀已架在他脖子上割出血来,竟在最后一刻保住性命,因为旁边有人大喊着为他作证,说他是为换回一个被扣押的孩子,新近才做家丁的。缓慢地行刑可以让罪犯有时间悔罪,并想出话来证明自己还能重新做人。

我搜查了财主的房子,把躲起来的人揪出来受审。我发现有个房间上了锁,便砸开房门,见一群女人瑟缩在里面呜咽。我听到蟋蟀唧唧叫着逃散开去。女人们茫然地眨眼觑着我,好似一群为使其肉质细嫩而养在黑暗中的野鸡。随侍的佣人早已丢下她们跑了,而她们裹着小脚逃不掉。几个女人以肘撑地从我身边爬开。这些女人毫无用处。我叫村里人来,是谁的女儿就自己领走,但没有人认领她们。我给每个女人分了一袋大米,她们坐在米袋上面,后来滚着米袋上了大路,从此像鬼魂般四散而去。后来听人说,她们成了一群拿人钱财替人消灾的女剑客。她们不像我这样女扮男装,仍然穿黑色和红色的女装骑马作战。她们收买女婴,所以许多穷人家很欢迎她们。要是谁家的奴婢或儿媳逃走,人们就说她们投奔了那帮恶婆娘,做娘子军去了。她们不分老幼,见男人就杀。我自己从未遇到此类女子,不敢妄断其真伪。

审判过财主的家人后,我们捣毁他家的祖宗牌位。我宣布:"从今以后,这个大厅就是村里的议事厅。我们可以在这里演戏,唱歌,讲故事。"我们清洗了庭院，焚香烧纸祛除房中的邪气。"这是新朝的第一年，"我对大伙儿说，"新朝元年。"

我回到家，看望公婆、丈夫和孩子。我儿子见过队伍中那位将军，仰慕不已，此时瞪大眼睛一眨不眨地盯着我。他爸爸说："这是你妈妈，过去找妈妈吧。"儿子发现这位盔明甲亮的将军竟是他妈妈，高兴极了。我将头盔戴在他头上，又把双剑递给他拿着玩。

我换上黑色的绣花嫁衣，像新过门的媳妇一样叩拜公婆。我说："我为国尽忠已毕，从今以后，要服侍二老，种田持家，生儿育女。"

婆婆是通情达理的女人，她对我说："赶紧回家看看你爹娘去吧，他们正盼着你回去呢。"

我父母和全族人靠我捎回家的钱过得丰衣足食，父母连寿材都备好了。为迎接我平安回家，他们杀了一口猪祭拜神明。刺在我背上的仇，我都替他们报了，村里人将世代传颂我的笃孝之德。

我在美国的生活却令人失望。

"妈妈，我考试得了全优！"

"我给你讲个真实的故事吧，关于一个女孩拯救了全村人的故事。"

我不知道哪儿是我的村子。重要的是，我得做出一番惊天动地的功业，不然等我们回去，父母就也许会把我卖掉。据说在中国，人们可有办法对付白吃饭还爱乱发脾气的小姑娘了。考了全优又不能当饭吃。

每当听到父母或同村来的移民说"养闺女就像养八哥"，我就会号啕大哭，满地打滚，哽咽得说不出话来，无论如何都停不下来。

"这孩子是咋回事？"

"谁知道，捣蛋呗。你还不知道吗，女孩子就这德行。'养女儿都是白费心，宁养呆鹅，不养女仔'嘛。"

"要是我闺女，就狠揍一顿。可话又说回来，管教女儿也是白费心。'姑娘都替外人养'嘛。"

"别哭了！"妈妈厉声吼道，"再哭就揍你啦！坏丫头，闭嘴！"我得记住，等我有了孩子，千万不要因为他们哭闹就又打又骂，那样他们只会哭得更凶。

"我不是坏丫头！"我尖叫着，"我不是坏丫头，我不是坏丫头！"说不定我还喊过"我不是丫头"呢。

"你小的时候，只要一说'我不是坏丫头'，就能把自己说哭。"我妈妈讲起我小时候的事时这样说。

我注意到同村来的移民看到我和妹妹就摇头，说："一个丫头——又是一个丫头。"说得我父母自惭形秽，不好意思把我俩同时带出门。弟弟们出生了，好处是没有人再说"怎么净是些丫头"，可又有别的事令我伤心："我生下来的时候，你们拿鸡蛋在我脸上滚过吗？""你们给我摆满月酒了吗？""我出生的时候，你们有没有张灯结彩？""我的照片，你们有没有寄给奶奶？""为什么没有？就因为我是女孩？是不是为这个？""你们那时候为什么不教我英语？""你们就愿意让我在学校挨打，是不是？"

同村来的移民会说："这孩子真是小心眼，是吧？"

"喂，孩子们，快来快来，谁想和叔公一起出门？"星期六早上，我那位当过水寇的叔公喊，他要出门买东西。"想去的，赶紧穿上外套。"

"我去我去，等等我！"

听到女孩们的声音，他便转过头吼道："女孩不能去！"我和妹妹只得把外套重新挂回去，谁也不看谁。男孩们满载而归，糖果，新玩具。他们走在唐人街上，人家准会说："一个男孩——又一个男孩——还有一个男孩！"在叔公的葬礼上，看着那身长六英尺的莽汉躺在棺材里，我不禁暗自高兴。

六十年代，我离开家到加州大学伯克利分校上大学，我刻苦学习，准备改变世界，却没有变成男孩。我真希望自己能变成男儿身，那样父母就会杀猪宰鸡欢迎我回家。弟弟从越南战场活着回来时，父母就是那样欢迎他的。

要是我去了越南，就不会回来；女孩子会抛弃家庭。常言道，"女人胳膊肘往外拐"，也就是说，我们门考优秀，不是为自己家，而是为丈夫家考的。我可根本没打算嫁人。我要让父母，还有那些多管闲事的同乡移民看看，女孩并不是胳膊肘往外拐。于是我再也不拿全优了。

与此同时，我要把自己变成美国姑娘，否则就不谈恋爱。

中文里有个词，是女子自称"我"时用的，叫作"奴家"。竟让女人借自己之口贬低自己。

我拒绝做饭。要是非刷碗不可，我就故意打碎一两只碗碟。"坏丫头！"我妈妈吼我。听到她的话，有时候我非但不哭，反而颇为自得。坏丫头不是和男孩差不多吗？

"小丫头，你长大了想干啥呀？"

"去俄勒冈砍树。"

即使到现在，除非我高兴，否则还是把饭烧糊。我才不给别人做饭吃呢。我不洗碗，任由它们泡在水槽里变馊。我去别人家吃饭，却从不请客人到家里来，因为家里的碗碟都臭了。

也许，要是我能不吃不喝，就可以成为勇士，像那位令我热血沸腾的女剑客一样。那样的话，我一生下孩子就下地干活，必须那样。

一出家门，我就会想，什么鸟儿会召唤我呢？我会骑什么马奔向远方呢？女剑客不同于圣女贞德，她们结婚生子，而且因此更加强壮。她们尽女人的本分，也能干女人分外的事，从此那些事女人也可以干了。我要是有丈夫，他不会说："我本想做鼓手的，可是我得养活老婆孩子啊，有什么办法。"没有人会为了养活我放弃自己的追求。可转念一想又不免心酸：没人养活我，没有人因为爱我而愿意养活我。我自怜自伤，羡慕那些有人疼、有人养的女人。好在我没有成为别人的累赘，倒也聊可自慰。即使现在，一些观念仍像双层的裹脚布，束缚着我的手脚。

城市改造的时候，我们家的洗衣店被拆除了，原先居住的贫民窟变成停车场。我无能为力，只能在梦中舞刀弄枪，报仇雪恨。

我从童话故事中学会怎样辨认敌人。我能轻而易举地认出那些人——在现代美国，是那些西装革履、有权有势的人，那些高出我一大截、想对视都够不到的老板。

我曾经在一家美术用品商店打工。"再去给我订些那种黑鬼黄。"老板说，"黑鬼黄，就是那种明黄，对不对？"

"我不喜欢那种说法。"我很没底气地咕哝道，那种小人物的腔调毫无魄力，老板根本懒得理。

我还在一家土地开发公司干过。有一次，那家公司计划宴请承包商、房产交易商和报社房地产专栏的编辑。"你知不知道，你选的那家酒店外面正在举行种族平等大会和有色人种协会组织的抗议？"我惊讶地尖声问道。

"我当然知道，"老板笑道，"我就是故意选那家的。"

"我拒绝打印这样的请柬。"我嗫嚅道，口气很不坚定。

他往皮椅上一靠，挺起不可一世的将军肚，拿起台历，在一个日期上慢慢画了个圈儿，说："你的薪水就发到这一天。我们会把支票寄给你。"

假如我拔剑而起——我的仇恨定能化为利剑——就会给他开膛破肚，让他那紧绷绷的衬衫起点皱，染点颜色。

我要除掉的不只是愚蠢的种族主义者，还有那些找借口夺走我家人饭碗的恶霸。我的工作就是我的土地。

我要横扫美国，抢回我家在纽约和加州的洗衣店。历史上还没有哪个人把亚洲和北美都征服统一呢。作为八十棍侠的后人，我应该信心百倍，整装出发，昂然走上街头。还有很多事要做，很长的路要走。当然，虽说我看不到那八十棍侠，他们却会跟随我，引领我，保佑我，因为祖先总是会保佑我们。

说不定棍侠们正在中国欣然安息，他们的魂魄散布在真正的中国人中间，根本不会来这儿用棍把我捅醒。即便我做不出女剑客那样的惊天动地的业绩，也不该沮丧；说到底，没有鸟儿来召唤我，没有睿智的老者指点我。我没有魔珠，无法一窥葫芦中的天地，挨饿的时候也没有野兔跳进火中为我献身。我也不喜欢舞刀动枪，打打杀杀。

我寻找过那只召唤我的鸟儿。我看到过云彩幻化成天使尖锐的羽翼掠过夕阳，而后又变回一缕缕云彩。有一次，在长途跋涉之后，我来到沙滩上，看到一只像虫子一样小的海鸥。我高兴得跳起来，想告诉别人我看到了奇迹，可还没来得及张口就回过神来——那只鸟之所以像虫子那么小，是因为离得远。我的头脑在那一刻失去了距离感。那时我太急于找到一只非同寻常的鸟儿了。

来自故乡的消息让人不解，而且竟和鸟儿有些瓜葛。那时候我九岁，读了故乡的来信，连我心如铁石的父母都哭了。爸爸在睡梦中哭喊，妈妈流着泪把信揉成一团，在烟灰缸里一页页烧掉，可几乎每天都会有新的信寄来。开信时唯一不让他们提心吊胆的，是过节时收到的那种信封上有红边的，那样的信里总不会有坏消息。而其他的信中说，我们的叔叔伯伯们被逼着跪在玻璃碴上受审，承认自己是地主，最后都被杀了，而那个拇指被扭断的婶婶投河自尽了。其他的姑姑婶婶、外婆奶奶、堂兄弟姐妹则下落不明。有些亲戚突然从公社或从香港给我们寄信来。他们没完没了地要钱。那些公社里的亲戚说，他们早上四点下地干活，直到晚上九点才收工，一星期却只能分到二两多点的猪肉和一盅油。他们还得学扭秧歌，唱不知所云的歌。逃到香港去的姨妈们要我们赶紧寄钱，她们的孩子流落街头，乞讨为生，一些卑鄙小人还往他们的碗里扔土坷垃。

我梦见自己饿成芦柴棒，梦见我和故乡之间的大洋上空中，一纸蓝色航空信飘啊飘。信可千万要平安抵达啊，不然我和奶奶就再也联系不上了。

寄不寄钱，我父母都难受。他们的兄弟姐妹老是要钱，有时候他们也生气。要就要呗，还非写些让人难受的事。那些人没收了四姨四姨父的店铺、房子和土地。他们闯进家里，杀了老太爷和他的大女儿，老太太则收拾了点钱跑了，没回来救他们。四姨拎起两个儿子，一个胳膊底下夹一个，藏进猪圈里。他们只穿了身单衣，在猪圈里躲了一夜。第二天，她找到姨父，他也奇迹般地逃了出来。夫妻二人拾柴火捡白薯去卖，孩子们去讨饭。每天一大早，他们帮对方把柴火捆在背上，背着去卖，可是没有人买。他们吃白薯充饥，有时吃孩子讨来的饭。最后四姨终于看出问题来。"我们得吆喝'卖柴火嘞''卖白薯嘞'，"她说，"咱不能这么不声不响地在街上走。""说得对。"姨父说。但是他脸皮薄，只会跟在姨身后走。"喊啊！"她命令道，可他怎么也张不开嘴。"人家还以为咱是背着柴火回家自己烧呢。"她说，"赶紧吆喝。"他们就这样难受地走来走去，一声不响，直走到天黑，谁都开不了口。四姨从十岁就没了爹娘，脾气和我妈一样坏，她把她那捆柴火往姨父脚边一摔，训斥他："快饿死啦，老婆孩子都要饿死啦，你他妈的还羞羞答答不敢大声吆喝！"说罢丢下他走了。他不敢两手空空回家见她，便坐在一棵树下想办法。一抬眼，看见树上有一对鸽子正在筑巢。他倒出口袋中的白薯，拎着袋子爬上树，逮住那对鸟。恰在这时，他被人堵在树上。他们批判他自私自利，只顾给自家人找饭吃。那对鸽子被他们拿到食堂，一起分吃了。

真让人想不通，我们家的人竟然不是被捍卫的穷人，他们不是地主恶霸，却像故事中的地主恶霸那样被人杀了。而引诱我们上钩的，竟然是鸽子，是鸟儿，这也令我想不明白。

我所见识的打打杀杀并不光彩，而是龌龊卑贱。我打架最多的时候是在初中，而且每次都哭鼻子。谁输谁赢也说不清楚。我见过死尸被随随便便丢掉，脏兮兮、可怜巴巴的小尸身，盖着卡其色的警用毯。妈妈把我们小孩子锁在家里，不许我们去看贫民窟里的死人。可一听说哪儿发现了尸体，我总有办法溜出来。我是要当剑客的，不了解死亡哪儿能行。有一次，隔壁有个亚洲人被人捅死了，尸体上别了一块布，上面写着些字。警察来我们家询问，爸爸用蹩脚的英语答道："不懂日文，日本话。我，中国人。"

我也在寻找能当我师父的老人。一位红发女巫对我说，有一个在遥远国度死去的姑娘一直缠着我。如果我承认她的存在，她的鬼魂就会帮助我。她说，我右掌心的智慧线和情感线之间有个神秘的十字，说明我也可以当女巫。我才不想当什么女巫呢，我不想神叨叨的，拿个柳条编的盘子从心神不定的观众手中收取"供品"，那些人一个挨一个地问鬼神，求提高房租的办法、治咳嗽和皮肤病的偏方、找工作的窍门。练武则是那些在路灯下面舞胳膊踢腿、不知道干点啥好的傻小子们的事。

如今我生活的地方有中国人和日本人，但没有同乡移民整天盯着我，仿佛我辜负了他们的期望似的。一个有本事的中国人远离祖国，住在同乡中，会得到荣耀和地位。"那个在餐馆打杂的老头其实是位剑客。"每当他走过，我们就会小声说，"他曾经孤身一人干掉五十个，了不起的剑客。他家的橱子里还放着一把板斧呢。"可是我没有出息，不过是个卖不出去的多余丫头。如今我要是回家，就会把我美国式的成功像披肩一样披挂在身：我可没有白吃饭。远离家人的时候，我相信他们心里是爱我的。当他们说"大水中捞财，当心别捞个丫头回来"时，也不过是嘴上说说，因为大家谈论女儿时都是这套话。可我看到这样的话由父母嘴里冒出来，看到他们挂的一幅水墨画中，穷人拿着挠钩抢邻居家被大水冲走的财物，却把自己的女婴推进河水里。我必须离他们远点儿，才能不讨厌他们。我在一本人类学的书中读到，中国人说："女孩也是必不可少的。"可我从来没听到我认识的同乡承认过这一点。也许这是别的村的俗话吧。唐人街的老俗话和故事让我受不了，我再也不在那里躲躲闪闪地走了。

我与那位女剑客的差别也没有那么大。愿我的人民能够早日懂得我和她的相似之处，这样我才能回到他们中间。我与女剑客同样背上刺着字。"报仇"的意思是"举报罪行""公诸于众"。记录本身也是复仇，不是砍头挖心，而是用文字复仇。而我有洋洋千言——种种羞辱，诸如"中国佬"，诸如"黄皮鬼"，我的背上早已容不下。

巫医

每隔一段时间，妈妈就把那只装着她医科文凭的金属筒拿出来，我一共见过四次。筒上有些金色的圆圈，每个圈中有七条红线，那是抽象化的"喜"字。筒上还有小小的花朵图案，看上去像金色机器的齿轮。从上面被撕过的中英文地址、邮票和邮戳之类的标签上看得出，这是家人一九五〇年从香港航空邮寄过来的。筒子中间压瘪了，不知是谁曾想把上面的标签揭下来，可发现那样会连上面的红漆金漆一起揭掉，露出一块块会生锈的白铁皮，于是作罢。还有人试过把筒从一头撬开，后来发现只须一拉便开了。打开那筒，一股中国的气息扑面而来，如同一只千年蝙蝠从一座山洞中没头没脑地撞出来，洞中的蝙蝠灰白如尘，那是一股来自久远的气息，来自遥远的记忆中。那些从广东、香港、新加坡、台湾寄来的箱子也有同样的气息，只是因为它们是新近寄过来的，气息更加浓郁。

筒中有三张纸卷在一起。最大的那张上写着：民国二十三年，该生在图强助产学校修习医药各科兼医院实习二年期满，完成产科学、儿科学、妇科学、内科学①、外科学②、疗学、眼科学、细菌学、皮肤学、看护学、绷带学等课程的学习，通过口试和笔试，考验及格，准予毕业，特颁发此证。③这份文件上盖了八个印章：一个是圆形浮凸印章，学校的中英文校名围成一圈；一个是淡紫色图章，图案为一只白鹳叼着一个胖娃娃；一个是学校的中文印章；一个是橘红色印花，贴在文凭的饰边上；一个是本校校长、里昂大学与柏林大学医学博士、"里昂大学临床外科及产科前外国助理④"伍伯良博士的红色印章；一个是教务长、医学博士胡燕襟的红色印章，一个是我妈妈的图章，比校长和系主任的都大；还有一个章盖在文凭背面，是数字"1279"。胡主任的签名后面有个括号，里面写着"夏葛"。我在一部历史著作中读到，广州的夏葛女子医学院是十九世纪由欧洲女医生创办的。

学校的章盖在妈妈的照片上，那时候她三十七岁，文凭上写的却是二十七岁。照片中的她看上去比现在的我还年轻，眉毛比我浓，嘴唇也更丰满。自来卷的头发梳成左偏分，一绺波浪般的发丝从右颊垂下。她身穿白色学生袍，对自己的外表并不在意。她直视前方，仿佛在看我，而且穿过我看到了她的孙辈，还有孙辈的孙辈。那双眼睛空茫无物，所有刚从亚洲来的移民的眼睛都那样。她的眼神并

---

①原文为"medecine"，是"medicine"（内科学）的错误拼写方法。
②原文为"surgary"，是"surgery"（外科学）的错误拼写方法。
③现有图片资料显示，图强助产学校的文凭是中英对照的，英文稍有谬误，中文的科目与如今通行说法略有出入。译者保留文凭上的科目名称和部分措辞。
④原文为法语。

没有聚焦在镜头上，脸上也没有笑意，中国人照相的时候不笑。他们的眼睛在发号施令——对异国他乡的亲戚是"赶紧寄钱"，对后代则永远是"给照片供上食物"。我妈妈看美籍华人的照片时总搞不明白。"你们在笑什么？"她问。

第二个纸卷是一张窄长条的班级毕业合影，校领导坐在第一排。我一眼就认出妈妈，虽然她比现在年轻四十岁，可一看就是她的脸。我对她的脸太熟悉，只能通过对比其他学生来判断她漂不漂亮，开不开心，是不是聪明。为拍摄这张正式合影，她把头发抹上油梳直，和别的女生一样梳成齐下颌的短发。别的女生我一个都不认识，看得出有的噘着嘴，有的眼睛向一边瞟，有的缩着肩膀。妈妈不温柔，那个长着小鼻子、下唇下面有个涡的女孩很温柔。妈妈不幽默，不像后排那个讥讽地扬起下颏摆出毕业女生派头的姑娘。妈妈没有一双笑盈盈的眼睛；坐在第一排的年长的女老师（是不是胡博士？）绽开满脸笑纹，那位穿西装的男老师也露出西方式的微笑。大多数毕业生都是面孔尚未定型的女孩子，而我妈妈的脸不会再变，只会慢慢老去。她面容俊秀，聪明伶俐。可我说不出她是不是高兴。

那些毕业生在自己严肃的黑裙上别上玫瑰、百日菊或菊花的时候，眼睛似乎没好好看。一个瘦瘦的女生把花戴在了前胸正中间。有几个女生把花戴在左边或右边乳头的位置。我妈妈把一朵菊花戴在左胸下方。那时候的中式连衣裙是没有褶的直筒，仿佛中国女人都没有胸似的。这些年轻的女医生还不习惯插花戴朵，大概是把自己的胸部看成一马黑色的平川，没有一个可以戴花的参照点。也许她们无法收回那凝视远方的目光，那样的目光，在移民们来到美国几年后便会消失。在这张照片中，妈妈依然睁大双眼，眼神越过中国以外的海洋，海洋彼岸的土地。大多数移民都学会了像野蛮人那样直勾勾看人，学会鼓起勇气，不礼貌地盯着说话人的脸，仿佛要抓住对方撒谎的把柄似的。在美国，妈妈的眼睛强硬得如同一对大石头，从不会轻易放过一张脸，可她还是没有学会如何装饰打扮，如何放留声机的唱针，也一直没有收回眺望大洋彼岸那片土地的目光。如今她的目光中又装进了中国的亲人，正像从前她总是看爸爸从美国寄回去的照片，照片中的爸爸总是笑啊笑，他身穿西装，他有很多套西装，每次照相都穿得不一样。

爸爸和他的朋友在科尼岛的沙滩上相互拍照，他们身穿泳衣，大西洋吹来的咸咸的海风吹拂着他们的头发。爸爸站在中间，胳膊搭在两位伙伴肩上。他们坐在双翼飞机的驾驶舱里拍照，骑在摩托车上拍照，站在草坪上拍照，身旁赫然立着牌子："禁止践踏草坪。"他们总是笑哈哈的。爸爸满面笑容地站在一家干净的洗衣店前面，白衬衣的袖子挽起来。春天的照片中，他头戴一顶崭新的草帽，像好莱坞歌舞明星弗雷德·阿斯泰尔那样将帽子稍稍歪向一侧，跳着舞走下楼梯，一脚在前，一脚在后，一只手插在裤兜里。他在给妈妈的信中讲美国秋天踩草帽的习俗，写道："如果你还想把草帽留到明年戴，最好早早收起来，不然，你坐地铁或在第五大道走的时候，随便哪个陌生人都可能把帽子从你头上抢走，丢在地上踩破。这是他们庆祝换季的方式。"冬天的照片中，他身穿灰大衣，头戴灰呢帽。

在一张照片中，他坐在中央公园的一块大石头上。有一张照片上他没有笑，是别人趁他看书的时候抓拍的，台灯的强光把他的脸照得一片模糊。

妈妈没有快照。但她的两张单人照中，脑门上都有个黑手印，仿佛有人要给她印上刘海，或者想给她做记号似的。

"妈妈，是不是你拍了这张照片以后又开始流行刘海了？"有一次她说，是啊。又有一次我问她："为什么你脑门上有手印呀？"她说："是你大舅弄的吧。"我不喜欢她那种不确定的口气。

最后一张纸上写着一列列汉字，只有"广州市卫生局"是英文的，印在照片中妈妈的脸上。照片和毕业文凭上贴的那张一样。我久久端详着那张脸，想看出她是不是担忧。一年年过去，爸爸没有回国，也没接她出去。他们生的两个孩子十年前已经夭折，（"一个男孩，一个女孩，一个三岁，一个两岁，都会说话了。"）要是他不赶紧回来，可能再也不能生了。但爸爸确实还经常寄钱，妈妈除了自己用，没有需要花钱的地方。她便买漂亮衣服，漂亮鞋子。后来，她决定用这笔钱学医。孩子死后，她没有立即去广州。感情的伤痛需要时间来疗愈。像爸爸当年一样，妈妈是坐船离开村子的。那艘船上画着一只海鸟，保佑它不遭狂风，不会沉船。她运气不错。后面那艘船就倒霉了，水寇一拥而上，劫持了所有乘客，连老太太都不放过。那时候，劫匪的口头禅是："老太太赎身六十块。"她说："我孤身一人，漂漂荡荡，乘船到了省城。"她拎着一口棕色皮箱和一只帆布袋，袋子里塞着两条棉被。

到学校宿舍后，校方安排她和另外五个女生同住一间寝室。她进门时，那几个女生正在整理东西。她们相互打了声招呼便继续收拾，等到所有东西归置停当，各就各位之后，大家才进一步示好。妈妈看到她写在报名表上的名字钉在一张床的床头，她原本以为自己到得晚，挑不到好床位，不免有些懊恼，见此情景，懊恼之感立即烟消云散。伴着两声悦耳的咔嗒声，她打开皮箱的锁，看着箱子里摆得整整齐齐的物品，在皮箱绿色衬里的衬托下显得格外干净，心中再次涌起一阵喜悦。她把衣服拿出来重新叠好，一一放进属于她的那只抽屉。随后，她从箱子里取出笔和砚，一本世界地图集，一套茶具茶罐，一只针线盒，一条带真金刻度的尺子，一沓信纸，一摞印着红边表示没有坏消息的信封，一只饭碗和一双银筷。这些东西，她一样一样摆在她的架子上。她把两床被子铺在床上，将一双拖鞋并排放在床下。她的财产比这还要多——家具啦，结婚首饰啦，布料啦，照片啦——这些碍手碍脚的贵重物品她都寄放在老家，托人照管，后来一直没有全部要回来。

来得早的女生没有主动帮她整理，她们不想干扰她收拾东西的乐趣，或干涉她的隐私。女人们都梦想过这样的生活——有一个属于自己的房间，哪怕是房间的一小块儿，除了自己，不会有人弄乱——但能实现这梦想的并不多。书你敞着离开，回来的时候还在那一页。没有人向你抱怨说地还没耕，房顶漏了还没修。她只须洗自己的碗，打扫自己的一小片地盘。她只需要整理一只抽屉，收拾一张床铺。

一天过完，门一关，白天的事就不会涌进夜晚。书看完即丢，省得为它掸尘土。大年三十，把箱子检查一遍，将里面一半东西扔掉。有时也不妨奢侈一下，采束鲜花摆在那张仅有的桌子上。不光是我，别的女人肯定也梦想过这样无忧无虑的日子。我曾看过一部电影，里面有个女人心满意足地坐在床头做针线。她头上方的架子上放着一只箱子，上面印着字，意思是"易碎"，但字面上却是"小心使用"。那女人看起来怡然自得。革命终结了娼妓行业，办法就是给女人她们需要的东西：一份工作，一间属于自己的房间。

妈妈摆脱了家庭，要过两年无人服侍的日子。她不用再为那位裹小脚的霸道婆婆跑腿，不用再为老太太们穿针引线，当然也不会有丫鬟或侍女伺候她。如今，她想弄点热水就得打点一下门房。我去上大学的时候，妈妈还叮嘱我："给门房带几个橙子。"

妈妈的两位室友把自己的小角落收拾妥当后，沏上茶，把在路上没有吃完的食物摆了一小桌。"女先生，吃了吗？"她们邀请妈妈，"女先生，一起喝茶吧。"又对其他人说："大家都把杯子拿过来吧。"她们的慷慨让妈妈深为感动。奉茶是表示谦卑。她拿出从老家带来的自己腌制的腊肉和无花果脯，大家都夸味道好极了。她们开始自报家门，家是哪儿的，叫什么名字。妈妈没有提自己生过两个孩子，她的年龄足以做某些女生的母亲。

之后大家一起去礼堂，听校领导讲了两个小时的话。他们说，学生们要从汉代流传下来的古籍读起，那时候长生不老的秘方尚未失传。医学之父张仲景讲到人体内运行阴阳二气。用功的学生最好从今晚就开始背诵他的《伤寒杂病论》。掌握这些祖传秘方后，他们就会学习当今西方最先进的医学发现。到毕业时，那些能够坚持到底的同学会比有史以来任何一位医生更加学识渊博。一位女老师说，女性行医迄今已有五十年历史，她赞扬这些学生，说她们来这所学校学习现代医学，壮大了女医生的队伍。"你们将把科学带回乡村。"会议最后一项，教职员工向后转，与学生一起向孙中山博士的画像三鞠躬。孙博士在投身革命之前做过外科医生。会后，她们到餐厅吃饭。那天晚饭后，妈妈立即开始背书。

学校里有两个地方可供学生自习：一个是餐厅，吃过饭，擦干净桌子，大家便集中在这里大声背诵；或者回寝室，每个人有一张桌子。大多数学生都结伴去餐厅学习。妈妈通常在寝室学习，要是有室友也想在寝室里清静一会儿，她就去另外一个秘密地点，那地方是她入学后第一个星期找到的。她偶尔也去餐厅坐一会儿，与学习好的同学一起念书，她可以背得一字不差，但早早就开始打哈欠，告辞回去。不久她便树立了头脑聪明的声誉，大家以为她天生就是读书的材料，有过目不忘的本领。

"考试的时候，别的同学都争着和我坐在一起，"妈妈说，"她们一旦卡壳，只要瞟一眼我的试卷，就能接着答下去。"

"你有没有想办法不让她们抄你的？"

"当然没有啦。她们只需要提示一两个字，就能记起余下的内容了。这不算抄袭。真正给人看病的时候提示多着呢。病人会没完没了地讲自己哪儿不舒服，还要号脉——比教科书上画的那些人清楚多了。只要我一复述那些症状，整章的处方便源源不断地冒出来。

大多数人脑子没那么好使。"她指指毕业照上的三十七名毕业生，说道，"当初和我同时入学的可有一百一十二人呢。"

她怀疑自己的头脑也不是十分好使，我爸爸能把整本整本的诗词背下来。为弥补不足，她暗地里下功夫。比起那些小姑娘，她可是早起步二十年呢，虽然她对别人只承认十年，即便这样她也得加倍努力。人们以为年纪大的人离神明更近，该更聪明才对。她可不愿听同学或老师背后议论她，说："她一定笨到家了，比别的学生大了一辈，成绩却和她们差不多。她太笨了，要没白没黑地学才能跟得上。"

"我比别的学生先行一大步。"妈妈说，"我等同宿舍和隔壁宿舍的人睡熟了，才开始学习。考试的前一晚上，别的学生都熬夜用功，可我早早就睡。她们说：'你不去学习啦？'我会说：'不去，我要补衣服。'或者：'我今晚想写信。'考试的时候，我让她们轮流坐在我旁边。"勤奋的汗水不是拿来炫耀的，显得天资聪颖才更潇洒。

也许妈妈的秘密学习地点是宿舍楼里那间闹鬼的寝室。那些年轻姑娘宁可在其他寝室里挤，也不会住那一间。女孩子们从小就习惯和姐妹或奶奶挤在一张床上睡，宁愿没有隐私空间，也不愿到鬼屋去住。那间寝室至少五年没住人了，里面曾经发生过一系列闹鬼事件，住在里面的人被鬼吓得头脑错乱，连书都没法读了。被鬼缠身的人受惊尖叫，指着空中，而被指的地方也果然变得雾蒙蒙的。她们走着走着会猛然转身，原路返回。走到拐角时，身体紧贴在墙上，想出其不意地逮住悄无声息地尾随在身后的东西。有个女生曾在那个房间帮室友拍照，后来又把照片撕掉了，因为在照片的背景中，有个陌生人垂手站在墙边，那就是个鬼。那女生一口咬定，拍照的时候那里根本没有人。女生们讲到这件事的时候，妈妈说："那是个相片鬼。她用不着害怕，大多数鬼只是梦魇。这时候你只要抓住看见鬼的人，揪揪她的耳朵，把她叫醒就好了。"

妈妈特别爱讲这些吓人的故事。她很会给鬼取名字，什么墙头鬼、蛤蟆精（青蛙也叫"田鸡"）、偷吃鬼。她能在古书中找到关于鬼的描写，《聊斋志异》中的《青凤》、黄钧宰的《金壶七墨》、袁枚的《子不语》等，以此来佐证鬼的存在。

"可是鬼不可能只是噩梦。"讲故事的女生说，"他们会大摇大摆地到屋里来。有一次，我们全家人看到几只酒杯在自己转，烧的香在空中晃动。我们找驱鬼的法师守了一夜，他说他也看到香头的火星在黑暗中画出橘黄色的字。他用毛笔把看到的字写在红纸上，原来是我太爷爷捎信，要我们多摆些供品，还要在他的牌位前供上一辆福特汽车。我们就照办，鬼立马不闹了。"

"我倒觉得祖先不会这样闲得没事找事。"妈妈说，"或者说，他们的灵魂更安宁。对，更安宁。有可能是什么畜生成了精，在你家捣乱，而你太爷爷生前可能驱走了它。"说到这里，她老练地停顿了一会儿，才接着说："我们怎么知道鬼是人死后变的呢？难道鬼不可以是不同物种的生物吗？也许人死了就一了百了。这些事我不太在乎。你愿意怎么样？是愿意做总是要人供养的鬼呢，还是一了百了？"

要是其他讲故事的同学用科学道理来相互安慰，妈妈就会讲些稀奇古怪的故事，讲得像静夜中飞舞的蝙蝠那样活灵活现。妈妈是讲求实际的人，不会瞎编，讲的都是真事。但这一晚，姑娘们都蒙着被子，瑟缩在一起。闹鬼的房间离她们只有几步之遥。

"听见了吗？"有人会压低声音说。果然，只要她们同时不说话，宿舍楼的什么地方就一定会发出"扑通"或"吱呀"的响声。姑娘们吓得一跳，咯咯笑着挨得更紧了。

"那是风刮的，"妈妈会说，"那是有人在床上看书，看着看着睡着了，书掉下来的声音。"她既不惊跳，也不咯咯笑。

"你要是那么肯定，干吗不出去看个究竟？"一个女生很傲慢地说。她大概是合影中那个不屑地扬着下颏的姑娘。

"当然了，"妈妈说，"我正打算去呢。"于是她端起一盏灯走出去，把朋友们留在黑暗中，让她们佩服得不得了。她从容地走着，惊起走廊上下那些有棱有角的影子。她从走廊一头走到另一头，另外又查看了楼房的一翼。她来到闹鬼的寝室，只见房门洞开，如一张大嘴，她停住脚，然后迈步走进去，举着灯转着照照各个角落。她看到几个装衣服的包，摆成疙疙瘩瘩的一堆，不是妖怪貌似妖怪。皮箱和盒子在墙上和地板上投下阶梯形的阴影。没有什么向她逼近，也没有什么四散逃走。温度没有变化，闻不到什么气味。

她转身离开那间寝室，慢慢向楼的另一翼走去。她不想回去太早，她想彻底查看这座楼，好让她的朋友们满意，虽说她也不欠她们什么。过了一段足以证明她勇气的时间后，她回到那些讲故事的同学中间。"我什么都没见到。"她说,"整栋宿舍楼没什么可怕的东西,包括那个闹鬼的房间。那里我也检查过了。我刚刚进去过。"

"闹鬼都得到后半夜,"那个下颏强硬的女生说,"现在还不到十一点呢。"

妈妈可能也害怕,但她要摆出龙的气派。("我属龙,你也属龙。")她能克服自己的脆弱。危险来临时,她会张开龙爪,抖开亮闪闪的红鳞,展开身上蜿蜒的绿色条纹。危险当头才是卖弄本领的好机会。如同盘踞在寺庙檐头的龙,妈妈俯视着那班孤独恐惧的庸碌之辈。

"困死了,"妈妈说,"我可不想等到半夜。我去鬼屋睡。要是发生什么事的话,我准能看得到。我希望见到鬼的时候能认出来,有时候鬼会装成普通人的样子,没多大意思。"

"哎呀!哎呀!"那些讲故事的姑娘惊叫起来。妈妈听了,满足地笑了。

"要是出了什么事,我会喊的,"妈妈说,"假如你们一起跑过来,准能把鬼吓跑。"

她们有的保证一定会去,有的要让她带上她们的护身符——一根桃枝,一枚十字架,一张写着吉祥话的红纸,但都被妈妈婉言谢绝:"要是我戴了咒符,鬼就会躲着我,我就搞不清楚是哪种鬼,或者那里到底有没有鬼了。我只需要带一把刀子防身,再带一本小说,无聊或睡不着的话好打发时间。那些护身符你们自己收好,万一我呼救,你们带着过来。"她回到自己房间取了武器和书,不过不是小说,而是课本。

她的两位室友陪她走到鬼屋，问她："你不害怕吗？"

"有什么好怕的？"妈妈反问道，"鬼能拿我怎么样？"但她确实在门口停住脚。"听着，万一你们找到我的时候，我受了惊吓，别忘了揪我的耳朵，喊我的名字，告诉我怎么回家。"然后她把自己的小名告诉她俩。

她径直走到房间最里面，那里有几个箱子靠着窗户摞在一起，形成一个座位。她坐在上面，把灯放在身旁，盯着黑暗的窗玻璃上黄黑色的影子。"我还挺漂亮呢。"她心里想。她拢起双手遮着光往外瞧，只见夜空中一牙细月破云而出，地上高草摇曳。她想："一样的月亮，一样的星星，老家新会的人也看得到吧。"（"一样的月亮，一样的星星，人们在中国也看得到，只是位置稍有变化。"）

她把灯搁在床头，房间显得更暗了，荒凉的夜色侵入没有窗帘的窗子。她用被子把自己裹紧。那被子是她早逝的母亲生前亲手为她缝的。外婆在被头贴边中间用缎子缝了一个小三角，像一颗红心，护住妈妈的脖子，仿佛她还是个小娃娃。

妈妈大声朗读，别人也许能听出她有多镇定。说不定鬼也听到了。她不知道自己的声音是会把鬼招来，还是会把鬼吓跑。不久，书上的字便跳起来，它们展开翅膀，像乌鸦般四处乱飞；用来句读的圆点变成了乌鸦的眼睛。妈妈的眼皮越来越沉，便合上书，熄了灯。

新一重黑暗将房间淹没，屋子内里被涂黑，只剩下醒目的轮廓。妈妈一个激灵清醒过来，清晰地意识到自己的存在——骨骼，神经，毛发——可她并不害怕。她以前也体验过这样被削细抽空的感觉，那一次她是到山里去，当时天降大雪，孤身一人跋涉于茫茫雪山，与孤身一人置身于茫茫黑夜，感觉没有多大区别。她也曾只身乘舟，安然渡过茫茫大海。

不知是梦是醒，她突然听到有什么东西从床底下窜出来。一只活物爬上床尾，一阵恐惧让她双脚抽筋。那东西从她身体上骨碌骨碌爬过，沉甸甸地压在她的胸口。它坐在那里，闷闷地喘着气，压着她，吸吮她的力量。"哦，不好，是压身鬼。"她想。她伸手推那东西，想从它身子底下挣脱出来。但那股劲也被它吸走了，它变得更加沉重。她的手指掌心开始冒汗，触到鬼身上那层如同动物毛皮似的厚厚的短毛时，她不禁一缩手。那层厚毛在温热的硬物上滑动，就像人的皮肤在肌肉和骨头上滑动一般。她一把揪住短毛，使劲扯它；她攥住毛下面的皮，用指甲使劲掐它。她把手猛然插进鬼毛间，摸索着寻找藏在其中的眼睛，却根本摸不到。她想抬头咬它，脑袋却无力地耷拉下来。那团东西变得越发粗重了。

她看得见那把刀，就在灯旁边，在月光下闪着寒光。她的胳膊变得十分庞大，却死沉死沉的抬不起来。如果她能把胳膊挪到床边，也许能耷拉下去，就够得到刀了。可那鬼仿佛连她的念头也吃掉了，然后弥漫过去，压住她的胳膊。

一种尖利的鸣声不知从哪里响起，越来越响，连她都听得见。这时她才意识到，在鬼现身之前，那声音就开始嗡嗡低鸣，从她脑际出现。她的呼吸浅而急促，如同分娩时一般。整个房间都在鸣叫，刺耳的鸣声使空气带电般震颤；一定有人听得到，会跑来帮她的。

那晚早些时候，透过脑中的鸣叫，她还能听到女生们说话的声音。可没过多久，她们就不再交谈，整个校园都沉沉睡去。她能感到人们的灵魂出了窍，到处游荡，宿舍楼中有种白天没有的轻盈。从前孩子活着的时候，她背着孩子，或用摇篮摇着他们，给他们唱歌，讲故事，然后静静待着，免得惊吓他们；孩子睡着了，她不用看就知道。那种紧张感离开他们的小身子，飘出房间。此时她感到，在鬼屋之外，整栋宿舍楼已经松弛下来。不会有人来看她到底怎样了。

"你赢不了，你这石头蛋。"她对鬼说，"这不是你的地盘，我一定会把你轰走。鬼，等到明天早上，咱们俩中只会有一个占领这个房间，而那个人就是我。我会走遍这个房间，在这里跳舞，不会像你那样灰溜溜地逃走。我会径直走出门，但是我还会回来。你知道我会给你带什么礼物吗？鬼，我会带着火回来。你到医学院来逛荡，可真是打错了主意。我们有一橱橱的酒精，实验室里到处都是。我们有个食堂，里面有很多一人高的大缸，装满素油荤油，足够烧上一个月，也不会耽误我们吃一顿油炸的菜。我要把酒精倒进桶里，放火点着。鬼，我要把你烧出来。我会举着桶冲着天花板摇晃。然后我的朋友会从食堂拿来猪油，等我们把猪油点着，冒出来的烟会钻进每个角落和墙缝。鬼，你能藏到哪儿去？我会把这间屋子清理得干干净净，没有一个鬼胆敢再来。"

"我不会让步，"她说，"不论你怎么折磨我，我都受得了。你以为我怕你，那你可想错了。对我来说你没什么神秘的。你们这些压身鬼，我以前听说过。是啊，你是什么样，活下来的人讲过。你们这些胆小鬼，会杀死小娃娃，可没本事对付健壮的女人。你不比一只趴着的猫更厉害，我的狗坐在我脚上都比你重。你以为这就算受罪吗？我吃一片阿司匹林都比这耳鸣得更厉害。鬼，你就这点花招？只会压人，只会让人耳鸣？这有什么了不起。一只扫帚鬼都比你强。你连个有意思的形状都变不出来。不过是个石头蛋子。一个屁股毛乎乎的石头蛋子。你肯定连鬼都不是。当然啦，根本就没有鬼这种东西。

"石头蛋，让我给你上一课。有一年，我们严先生在批全省统考的试卷，一个像你这样毛乎乎的丑家伙扑通一声掉在他桌子上。（可那东西还有凶巴巴的眼睛，不像你这么又瞎又蠢。）严先生抄起戒尺，像打学生一样一顿猛抽，追得它满屋乱窜。（它可不又懒又瘸。）后来它就没了影。事后，严先生告诉我们：'人死后，智者升天，痴者入地。所以说世间根本没有鬼。那东西一定是个狐狸精。'你很可能也是那种东西——狐狸精。你长了这身毛，一定是个还不会变化的狐狸。按理说，你这么笨，连狐狸精都算不上。不会法术，没有血。你要是吊死鬼，怎么没有上吊的烂绳套和冷冰冰的呼吸呢？怎么不朝椽子上扔鞋呢？怎么不会变成一个伤心的美人儿呢？怎么不会变成死去的亲戚呢？怎么不化作头发如海藻的溺水女人？也不会出谜语，不会玩惩罚人的游戏？你真是个没出息的小石头鬼啊！好，等我把油拿来，就把你炸了当早饭吃。"

之后她就不再理睬那压在她胸口的鬼，开始背诵明天课上要学的功课。月亮从一个窗口移到另一个窗口。黎明时，那东西急匆匆地从她身上下来，飞速爬下床脚，跑掉了。

她一直睡到快上课的时间。她说过要在鬼屋睡一夜，果然说到做到。

同学们乱哄哄地跑进房间叫醒她。"怎么样？"她们问着，钻进她的被窝里取暖，"出没出什么事？"

"拜托你揪住我的耳朵，来回扯，"妈妈说，"万一我丢了魂儿，请你们帮我招回来。我夜里害怕，恐怕被吓得魂出窍了。待会儿我再告诉你们是怎么回事。"她的两位朋友紧紧抓住她的手，另一位朋友捧住她的脑袋，用拇指和食指捏着两边的耳垂，边扯边反复叫："回来吧，英兰，你打败了鬼，降住了妖，回来吧，回到广东省广州市的图强医学校。勤奋好学的英兰，同学们都在这里等着你。回来吧，回来吧，快回来帮我们做功课。眼看就要上课啦，快来吃早饭。回来呀，广东新会的女仔。哥哥妹妹在呼唤你。你的朋友在呼唤你。我们需要你呀，快回我们身边来。回到图强学校吧，我们还要做功课。回来吧，英兰大夫。一切平平安安，回来吧！"

一波波悠长温暖的呼唤带来无尽的安慰，温暖了妈妈的心。她的魂儿彻底回来了，舒舒服服地蜷缩进她的身体，因为这一刻，她的魂儿既没有漂泊到过去和孩子在一起，也没有流落到美国，到我爸爸的身边。一场搏斗之后，她回到众人身边，放心地安歇，让朋友们守护着她。

"好啦！"室友说着，最后使劲揪了一下她的耳朵，"没事啦。现在给我们说说，出了什么事？"

"我看完小说，还是没什么动静。"妈妈说，"我正听着远处的狗叫，突然间，一只肥硕的压身鬼出现在天花板上，扑通一声压在我身上。它的爪子和牙齿藏在一团团毛里面。没有头，没有眼，没有脸，修炼水平很低，辨不出是个啥怪物。它把我扑倒，要来掐我的脖子。那家伙个头比狼大，也比猿猴大，而且越来越大。我本想拿刀捅死它，把它剁成几段，那样的话，咱们今天早上就得用拖把擦血迹了。可是，压身鬼会变化，它又长出一条胳膊，夺走了我手中的刀。

"大约凌晨三点钟的时候，我死过去一会儿。我到处游荡，所触之处都变成了沙子。我听见风声，但并没有沙土飞起来。我迷途十年，差点连你们都忘了；干不完的活，一件接着一件，直到进入另一次生命——如同在梦中捡硬币。但我还是回来了，从茫茫戈壁沙漠走回图强学校的这个房间，这又花了两年时间，而且路上还要同墙头鬼斗智。（要斗墙头鬼，就要一直往前走，不要跟鬼玩肩挨肩的游戏。它们一着慌就会现出原形，都是虚弱无力的伤心人。无论如何，千万别寻短见，不然你就得给墙头鬼做替身鬼。假如那些耷拉着一尺长的舌头、眼珠爆出的吊死鬼，或者浑身血淋淋的横死鬼，或者皮肤泡胀、头发像水草的溺死鬼都没有把你吓倒的话——你们也不该被吓倒，因为都是大夫嘛——你就为这些可怜的鬼魂诵经，直到天亮。）

"没有白蝙蝠也没有黑蝙蝠在我面前飞舞，引我走向自然死亡，我要么寿数不到便死掉，要么死不了。我没有死。我勇敢，善良，而且我有力气，有自控力。好人是不会让鬼打败的。

"我离魂飘荡总共十二年，但在这个房间里才过了一个小时。月亮几乎还没有移动。借着银色的月光，我看到一个黑家伙正在把影子往它体内吸，形成一个个磁力旋涡。不久它就会把整个房间都吸进去，然后开始吸其他的寝室。它会把我们都吞掉。它向我投石头。一个声音响起来，像呼啸的山风，尖利得能把你逼疯。你们没听见吗？"

是的，她们听到过。是不是像有时候在城市里听到的电线的声音？对，那是能量聚集的声音。

"幸亏你们睡着了，那声音真是撕心裂肺。我听到里面夹杂着婴儿的啼哭，听到受刑的人在惨叫，还有被迫观看受刑的家人在哭喊。"

"对，对，我听出来了。那准是我做梦时听到的唱歌的声音。"

"那声音说不定现在还有，只是白天听起来很怪。你拿扫帚在床底下扫是碰不到鬼的，鬼到夜里才变大，一到白天，它的黑皮囊就会瘪掉。好在我没让它吃掉我，鬼吃了血肉就有了元气，会把你们也吃掉。我把我的意念化作一只巨大的蛋壳，将那妖怪的毛扣在里面，那样它的空毛吸不进东西。我一直努力用意念逼它缩小，逼它把毛缩回去，一直到黎明，压身鬼才暂时消失。

"危险还没有过去。这会儿那鬼正在听我们说话呢。今晚它还会出来作乱，而且会更凶。要是今天日落之前你们不帮我除掉它，以后可能就对付不了它了。这只压身鬼有很多黑洞洞的大嘴，很危险，是个很实在的鬼。大多数鬼都朦朦胧胧，而且转瞬即逝，很多人看到鬼，还以为自己看花了眼。这个鬼却能靠法力获得实体，能在人身上结结实实地压一整夜。它不是闹着玩，是动真格的。它不捻着香头转，不扔鞋子，不摔碟子。它不玩躲猫猫，也不戴唬人的面具。它懒得玩这些小把戏。它是想要人的命。它肯定是吃小孩吃腻了，现在想吃大人了。它的身体能变大，样子很诡异，不像吊死鬼或头发像海藻的溺水女鬼那样模仿我们人类的样子。说不定这会儿它正藏在一块木板中，或躲在你们的布娃娃里。那个口袋，白天我们以为它就是只口袋，"她伸出手掌一指，仿佛掌心托着一只陀螺，"而实际上却是一个口袋鬼。"女生们立即躲开那只她们用来装棉絮的口袋，垂在床边的脚也赶紧缩上去。

"你们要帮我除掉这个人间祸害，它像病菌一样，虽然无形无影，但能夺人性命。下课之后，咱们再来这里，带上水桶、酒精和汽油。要是能搞到狗血，那就好办多了。大胆干吧，要驱鬼就得有胆量。大白天鬼是不出来惹事的，可万一它追你的话，你就冲它吐唾沫，嘲笑它。传说中的驱鬼英雄会发出爽朗的笑声，他元气充沛，能把周围的一切映得红光灿灿。"

这些姑娘们今后行医，若是医药不见效，病人感到失望，她们也会动用点巫术。可现在她们得赶紧去上课，免得迟到。闹鬼的故事和将要举行的驱鬼活动被添油加醋，越传越广。大家偷偷从实验室拿来酒精和火柴。

妈妈指挥大家把桶和酒精炉一排排摆好，将燃料分倒进里面。

"咱们一起点，"她说，"好，点火！"

"呼！呼！"妈妈模仿火刚刚点燃的声音，我依然记忆犹新。
"呼！呼！"

酒精腾起蓝色的火苗。有人把从村里神婆那里买来的焦油也点着了，焦油冒出乌云般的浓烟。妈妈举着一只大桶在头顶上晃来晃去，浓烟犹如一条条黑色的蟒蛇，缠绕在身着黑色学生裙的女生周围。这帮瘦小的黑衣女子排成一圈，在闹鬼的寝室里一圈圈走着，时而将黑烟和火焰托到房顶的角落，时而洒到地上的角落，黑云弥漫在墙面、地上、床下，缭绕在所有人周围。

"鬼，我告诉过你，"妈妈叫道，"我们要回来捉住你！""鬼，我们告诉过你，我们要回来捉住你！"女生们齐声高喊。"天光已大亮，红日洒金光，"妈妈喊着，"我们会胜利。逃吧，鬼，离开这所学校。这里是善良的医科学生的领地。滚回去，黑家伙，滚回你的老家去。滚回去，滚回去！""滚回去！"女生们高声应和。

我记得妈妈说，等浓烟终于消散，女生们发现床尾下面的一块木头在滴血。她们把木头丢进一个罐子里烧掉，那东西发出一股好似刚从坟墓中掘出的腐尸的臭味。女生们闻到那气味，哄笑起来。

图强助产学校的学生是懂科学的新女性，她们修改了招魂仪式。妈妈小时候受了惊吓，她三位母亲中的一位就会抱着她，口中顺着家谱念诵名字，把吓走的魂儿从遥远的沙漠收回来。如果是亲戚，就会知道丢魂人的小名，知道她们的丈夫、孩子乃至仇人的秘密，可以决定招魂时念诵哪些名字才吉利。可这些同学是外人，她们得想办法拼凑一条回来的路。朋友之间没有血脉相连（可人们倒是会欠乞丐与和尚的情分），她们得想办法帮我妈妈的魂儿找到图强助产学校这个"家"。假如喊她家家谱上的名字，她的魂儿会被误引回她村里去。这些陌生人要把我妈妈招回她们身边。于是她们呼唤自己的名字，好听的女孩名字，那是些随口取的名字，同辈人的名字。她们为她拼凑出新的方向，于是妈妈的魂儿没有走老路，而是随着她们的呼唤回来了。大概正因如此，妈妈失去了故乡的村庄，而且等了十五年才来到丈夫身边。

我们做噩梦或看恐怖电影受了惊，妈妈就会替我们收魂儿，这时我感到她是爱我们的。听到她呼唤我的名字、爸爸的名字、弟弟的名字、妹妹的名字，我感到很安心。平时我们不小心受伤她都会发脾气，奇怪的是这时候她反倒不生气了。老辈的女人会替生病的孩子到街上叫魂儿。她会拎一件敞开扣子的小衣服，喊："你这小淘气，来把衣服穿上吧！"等衣服鼓胀起来，便迅速系上扣子，把魂儿系在里面，匆匆拿回家盖在睡在床上的孩子身上。可妈妈是现代女性，她只会在家里悄悄念咒招魂。"中国的老太太有很多愚蠢的迷信，"她说，"我知道你们会回来的，用不着我去街上出洋相。"

在我们头脑清醒不害怕的时候，妈妈会对着我们的耳朵灌输关于中国的事：广东省，新会镇，还有流经镇边的珠江。"沿我们来的路走，就能找到我们的家。别忘了。一提你爸的名字，镇上随便哪个人都能指出咱家的房子。"我要回到从来没有去过的中国。

经过两年的学习，妈妈回乡当了大夫。她的课程，有的三周结业，有的六周结业，村里人听说她竟如此神速地掌握了医术，更是钦佩不已。村里人给她戴上花环，敲锣打鼓地欢迎她，就像欢迎"赤脚医生"。人们都穿着朴素的蓝衣服，胸前别着红色的像章，而妈妈身穿丝绸旗袍，脚踩西式高跟鞋，乘着一顶轿子回到家。离家时她平凡无奇，回来时却令人刮目相看，如同古代进山修炼归来的得道高人。

"我一下轿，村里人便瞧着我漂亮的皮鞋和长旗袍啧啧赞叹。我出诊时总是打扮得很讲究。村里有些人为了欢迎我，抬出狮子在我面前舞。你不知道我来美国以后身价跌了多少。"直到爸爸接她来布朗克斯区之前，妈妈在村里给人接生，有时是在床上，有时是在猪圈里。疫病流行时，她通宵达旦地守在病人床头；空袭的时候，她为大家祈祷。她让家属按住病人，把他们错位多年的骨头矫正过来。做这些事的时候，她依然打扮得高雅得体，丝毫不亚于她回到村子刚刚下轿的那一刻。

她也没改名字：英兰。有职业的女性只要自己愿意，就有权保留做姑娘时的名字。即便移居美国，妈妈仍用英兰这个名字，既没在原名上加个洋名，也没另取一个以应付必要的场合。

妈妈回村时，轿后跟着一个文静的女孩，村里人以为她同他们一样，是跟在新大夫后面看热闹的。女孩一手抱着一条小白狗，另一手提一个口上挽着结的米袋。她的辫梢和小狗的尾巴上都系着红头绳。可能是谁家的女儿或奴婢吧。

妈妈去广州的集市上采买时，钱包像翅膀一样张开。她已经取得文凭，理应好好庆祝一番。她在一家家水果店品尝荔枝，荔枝的味道像葡萄酒一样五花八门，她买了比小孩还高的一大口袋荔枝，把侄子侄女们乐坏了。一位店主给了她一颗带细叶的新鲜荔枝让她尝尝。妈妈把荔枝放在掌心一捏，壳便噗一声裂开。洁白的果肉像没有虹膜的眼珠，放在口中甜汁四溢。她吐出棕色的果核一看，还真是有虹膜呢。

　　她给我爷爷买了只甲鱼，因为它有延年益寿的功效。她耐心地翻看一摞摞布料，在一顶顶凉棚下的货摊上搜寻。她施舍大米给乞丐，赏铜钱给代书人，让他们讲故事给她听。（"有时候，他们除了我给的那点赏钱和他们自己的故事，再没别的了。"）她让算命人给她看手相，算命人说她会离开中国，还会再生六个孩子。"六是万物之数，"他说，"你是大富大贵之人。六乃宇宙常数。东、西、南、北四方，加上天地，乃为六合。风有十二声，六低六高。天地间有风、寒、暑、湿、燥、火，谓之六气。人有六识、六德、六行，字有六书，家有六畜，儒家有六艺，佛家有六道轮回。两千多年前，六国联合灭秦。当然，易经中卦有六爻。中国又称为大陆，陆乃是六字的大写。"看相的人滔滔不绝地罗列出一长串饶有趣味的"六"字，可妈妈无心细听，匆匆走开。她来市场是要给自己买一个奴婢。

　　在一家家店铺、一个个货摊之间，有人见缝插针——变戏法的人点土成金，演杂耍的二十五人蹬一辆独轮车，会凫水的人表演水中憋气，他们各显神通，靠卖艺讨生活。乡下人摆出他们带来的土产：

奇特的紫色扎染布料，大脚的布娃娃，头顶一撮棕毛的鹅，白毛黑皮的乌鸡。还有人在玩赌博游戏，演木偶戏，用纸折出上供用的精巧的糕点和冥币，或是表演新创的拳术。

卖羊的人在胡同里拉了一根绳子，拦出一块地方做临时羊圈。山羊们躲在阴凉中，透过长方形的瞳仁呆呆地看人。妈妈拔了一把草引它们走过来，观察那些小黄窗户般的瞳仁缩小，等羊迅速跳回阴影中时，那些小窗户又敞开了。两位农民各牵着一头小母牛擦身而过，口中吆喝着价格。一般情况下，妈妈喜欢挤在人群中听牲口贩子游戏般的相互砍价。此时，那两个人正在褒贬对方的牛："瞧那瘦巴巴的肩胛骨。""还是瘸腿。""毛色不匀。""脸丑得像妖怪。"可是这一天，就连经过那些摞得比她还高的猴子笼时，她都脚步匆匆。她只在卖鸭子的地方稍停了片刻，有个过路人不小心撞在鸭笼上，惊得鸭子嘎嘎乱叫，鸭毛乱飞。妈妈喜欢看鸭子，盘算着在地瓜地旁边挖个水塘养鸭子，还要给它们铺上草，好让鸭子在上面下蛋。她断定最值得买的是那只最漂亮的绿头公鸭，可到底买不买，得看她有没有余钱。她家里已经养着一只漂亮的鸭子了。

在那些卖羊的、卖鸭子的、卖鱼虾的人中间，还有卖小丫头的。有时候只是一个男人领着一个女孩站在路边卖。也有父母卖女儿的，他们一会儿把孩子推过来，一会儿又拉回去。妈妈不忍心看这些可怜的家庭，便掉头去看卖陶瓷和刺绣的。这些父母真够糊涂的，卖女儿的时候竟然不知道把别的儿女留在家里。那些孩子个个神情木然。妈妈不愿从父母手里买孩子，哭哭啼啼、拉拉扯扯的，让人心酸。他们会拉住你说个没完，想弄明白你是什么样的主人，对奴婢怎么样。如果他们能听到买主亲口说到厨房里有椅子，今后多少年里，他们都会欣慰地说，咱闺女在厨房里有椅子坐，挺享福的。你要是能讲讲你家的花园，慈祥和蔼的老奶奶，吃什么饭食，对这些当父母的就是大恩大德了。

妈妈要在人贩子手里买丫头。那些女孩一排排站得整整齐齐，有买主来看，便一起鞠躬。"先生好，"她们齐声说，"太太好。""买个小丫头帮你上街买东西吧。"稍大点的姑娘会说，"我们会讨价还价，会做针线，会炒菜做饭，会纺线织布。"有的卖主只是让女孩们默默地躬身施礼，还有的会让女孩子唱首花花草草的歌。

妈妈不相信那些爱做表面文章、自吹自擂的人。她只听了听几个小女孩唱了支特别伶俐的谜语歌，便走向几个年龄稍大些的姑娘，她们不卑不亢，默默地鞠躬。她说："那些号称自己不'缺斤短两'的，心里准是盘算在秤上做手脚。"很多卖东西的人都摆个牌子，上写"童叟无欺"。

有些女孩，自己走路还不稳当呢，背上却用背带绑着更小的孩子。那些大人顾不过来的小孩，有的爬到了路旁的沟里，而年龄稍大些的女孩则旁若无人，仿佛是被一群丫头簇拥着的小姐。一两岁的小孩卖不了几个钱。

"给太太请安。"人贩子命令道，就像家里来客时母亲吩咐听话的女儿。

"太太好。"女孩们说。

我妈妈不还礼，因为用不着。她没去理会那些婴儿和刚会走路的小孩，径直找大些的姑娘问话。

"张开嘴。"她说，然后检查她们的牙齿。她扒开她们的眼皮，看是不是贫血。她拿过女孩们的手腕给她们号脉，一切便一目了然。

她在一个女孩面前停下来。那女孩的心跳如同地心的雷声，将力量一直传到她的指尖。"我要是有这样的女儿，才不会卖呢。"她对我们说。妈妈在女孩的心跳中挑不出一点毛病，那脉搏均匀，节奏与她自己的一致。有的人心跳时快时慢，节奏不稳；有的人心跳时断时续；有的人心跳节奏怪异，捉摸不定。那样的脉搏不是大地、海洋和天空的声音，也不符合汉语的节奏。

妈妈掏出绿色的笔记本，那是我爸临行前送给她的。笔记本内封上印着东西两半球的地图，上面有扣子，能把本子像皮夹子那样扣起来。"看仔细了。"妈妈说着，用一支美国铅笔写了一个吉利的字，像"寿"或字形对称的"囍"之类的。

"仔细看好，"妈妈看着女孩的脸说，"你要是能背着写出这个字，我就要你。集中精力。"她一笔一画地把那个字写在纸上，过了一会儿，把纸折起来。那女孩接过笔，很有把握地写出那字，一笔不差。

"要是你在地里丢了金表，"妈妈问，"你会怎么找？"

"我会掐指算算，"女孩说，"可哪怕算的结果是不用找，我还是会走到那块地的中间，一圈圈往外找，一直找到地头。那样我才知道算得对不对，就不再找了。"她在妈妈的笔记本上画出田地的形状和螺旋形的寻找路线。

"织毛衣怎么起针？"

女孩张开大手，比画着起针的方法。

"做五口人的米饭，添多少水？织布的时候，怎么锁边才不会脱线？"

现在她得假装对女孩的回答很不满意，以防人贩子借口女孩是熟手而漫天要价。

"把头上的线编成穗子。"女孩说。

妈妈皱了皱眉头。"可我要是想要齐边呢？"

女孩犹豫了。"我会，呃，把线头压到反面缝住。要不，直接把线头剪掉？"

妈妈把人贩子出的价砍掉一半。"婆婆让我给她找个会织布的丫头，可看她这样，得花好几个月时间教她才行。"

"可她会织毛衣、会做饭呀！"人贩子说，"她还能帮你找回手表。"他把价往下落了点，但还是比妈妈还的价高。

"我自己也会织毛衣、做饭、找东西。"妈妈答道，"要不然我怎么能想出这么聪明的问题考她？你想想，我会买个比我还能干的丫头，让我在婆婆面前出丑吗？"妈妈走到路对面，去看一群饿得面黄肌瘦的小孩。等她再回来，人贩子就按她出的价把那个会掐指推算的女孩卖给她了。

等她们走到人贩子听不到的地方，妈妈对新买的丫头说："我是大夫，打算把你训练成护士。"

"大夫，"女孩说，"其实我知道怎么给布锁边，你看出来了吧？"

"看出来了，咱俩把他骗得不赖。"妈妈说。

那些没有被卖掉的女孩看着她们俩远去的背影，眼中一定充满羡慕。我就很羡慕。我妈对我的态度远不如她讲那个丫头时那么热情高涨。我也无法取代幼年夭折的哥哥姐姐。我妹妹小时候总是说："我长大了要当丫头。"父母听了哈哈大笑，还怂恿她。去百货商店买东西，妈妈让我讨价还价，我感到羞耻，穷人的羞耻。我很不情愿，妈妈就生气，站在我身后又戳又掐，逼我把她讨价还价的话原封不动地翻译成英语。

买丫头的当天，她还从狗贩子手里买了一条小白狗，打算把它训练成保镖，陪她夜间出诊。她在狗尾巴上拴上一根漂亮的红头绳，以抵消霉运。她本想把它的尾巴剪短，可也无济于事，无论从哪儿剪，尾巴尖也总是白色的，吊丧的颜色。

小狗冲那护士姑娘摇摇扎了红绳的尾巴，她便抱起它，跟妈妈回到村里，从此再没挨过饿，因为妈妈成了一位名医。大多数疑难病症她都能治好。要是哪个病人快死了，妈妈提前一年就能从病人儿媳的面相上看出来。她们脸上仿佛笼了层黑纱，就算她笑，黑纱也会随她们的呼吸起伏飘荡。出诊时，妈妈看一眼出来应门的儿媳妇的面相，说："还是另请高明吧。"她不会碰触死亡，故而良医的名声不会受损，她只把健康带给家家户户。"她一定是耶稣转世，"远近村庄的人都传说，"她能手到病除。"话传得越来越玄，她行医的范围也越来越广。到处都有她的病人。

有时候妈妈走着出诊，她的护士丫头在身后跟着。要是妈妈预测会下雨，小护士便带把雨伞，要是预测晴天，小护士便带把阳伞。"不管我什么时候到家，那条白狗都会在门口等我。"妈妈说。有时候她一时兴起，会带白狗出诊，把小护士留下来照看诊所。

　　"妈妈，你来美国之后，那条狗怎么样了？"

　　"不知道。"

　　"那丫头呢？"

　　"我给她找了个丈夫。"

　　"你买她花了多少钱？"

　　"一百八十块。"

　　"你生我的时候，付给医院和医生多少钱？"

　　"二百块。"

　　"哦。"

　　"那二百块可是美元啊。"

　　"买丫头的一百八十块是美元吗？"

　　"不是。"

　　"那相当于多少美元呢？"

　　"五十美元。那是因为她已经十六岁了。八岁的小孩大约卖二十美元，五岁的十美元多点，两岁的大约五美元，小娃娃白送。你出生的时候中国正在打仗，大一些的女孩也有不要钱白送出去的。可你是在美国生的，我还为你花了二百美元呢。"

　　妈妈在乡间行医时，妖魔鬼怪和猿猴经常从树上跳下来。鬼会从桥下的水中浮上来。妈妈也看见过鬼怪从子宫里生出来。医学并不能将大地封住，阴间的鬼魂渗出地面，丝丝缕缕，伪装得像能够驱散鬼怪的烟。很明显，她曾打败那个压身鬼，但是鬼赋形众多，千变万化。有的鬼不占地方，可以附在别的形体上。它们可以渗透进木头、金属和岩石的纹理中。我们呼吸时，微生物在我们面前上下翻飞。我们盖房子时必须在屋顶上加盖号角形状的飞檐，好方便那些絮絮叨叨的先人顺着飞檐滑上去，说不定借此升入星辰，那是宽恕与爱的源头。

阳光明媚的春天，妈妈若是到以前从没去过的村子，村里人就会挥舞桃枝和蒲扇迎接她。蒲扇是八仙之一钟离权的法器，他掌管长生不老的灵药。粉红的花瓣纷纷扬扬，飘落在妈妈的乌发和长袍上。村里人还会像过年那样燃放鞭炮欢迎她。可假如真是过年，她就只能闭门不出了，没有人愿意大年初一就有医生上门。

但到了夜晚，妈妈就会健步如飞。那个时辰，连接生婆也雇不到轿子，只有她和盗匪还在外面活动。有一段时间，因为有半人半猿的奇怪生物出没，路上很不安全。那怪物是一个去西方旅行的人捉住带回中国来的。那人用刚刚发的财在老家的房子上加盖了第四间厢房，还在院子里种了一丛竹子。猿人被关在笼里，放在竹荫下，伸手就能够到细细的竹叶。

后来，那怪物咬断笼子的栅栏逃了出去。也说不定是它哄主人放它在院子里玩耍，趁机跳上新盖的厢房的屋顶逃走的。如今它躲进森林里，捉松鼠、老鼠充饥，偶尔也会偷鸭子或小猪崽吃。妈妈看到黑影里有一团更黑的影子，知道有什么东西在跟踪她。她手里拎着一根棍子，身旁跟着那条白狗。她知道猿人伤过人，她替人治过咬伤和抓伤。几乎没听见树叶响，那猿人就冷不丁从树林中跳出来，挡住她的去路。白狗猖猖狂吠。那猿猴状的东西和人差不多大小，颠着一只脚上蹿下跳，另一只脚则用两手抱住，看来那一跳把脚崴伤了。那东西满头满脸长着金红色的长发长须。它的主人给它身上套了一条粗麻袋，上面剪了洞，让它伸出脑袋和胳膊。它眨着那双人眼一样的眼睛看着我妈，脑袋在肩上晃来晃去，好像在寻思什么。"回家去！"妈妈挥舞着手中的棍子，向它吼道。它举起一条胳膊，模仿妈妈挥舞棍子的姿势，另一只手则打着复杂的手势。但妈妈向它冲过去，它便转回身一瘸一拐地逃进林子里去了。"看你还敢吓唬我！"她冲猿人远去的背影喊道。它上衣下面的屁股上没有尾巴，没有毛。绝对不是大猩猩。到美国后，妈妈在布朗克斯区的动物园中见过几头猩猩，而那个猿人和猩猩一点都不一样。要不是妈妈的父亲在外国娶回过一位三姨太，她还以为这个大鼻子、毛色金红的生物是西方来的野蛮人呢。可我外公的三姨太是黑皮肤，头发细软得不往下垂，而是在头顶缩成一个蓬蓬松松的棕色大圆球。（最初她没完没了地说话，可谁听得懂她说的是啥？过了一阵子，她就不再说话了。她生了一个儿子。）那猿人后来被主人用酒和炖猪肉诱捕回去，重新关进笼子里。妈妈偶尔去那户人家看那猿人，它好像也能认出她，她给它糖吃的时候，它还冲她笑。说不定它根本不是猿人，而是虎人，一种北方的蛮夷之族。

妈妈给人接生就不能像给人看病那样可以有所选择，生出什么是什么。她也并不挑拣，总是很麻利地把新生命迎接到世上，生出来的有时候是婴儿，有时候是怪物。有的乡下女人非要在猪圈里生，借着月亮和星星的光她看不出生的是什么，只有抱到屋里才看得清楚。"好漂亮的小猪崽，好漂亮的小猪崽。"她和产妇这样喃喃而语，好骗过盯着新生儿的神灵。"好丑的猪，好脏的猪哟。"她们要欺骗嫉妒人类幸福的神灵。她们摸索着数手指头、脚趾头，摸摸有没有小鸡鸡。可要搞清楚神灵会不会放过他们，让他们安享幸福，那还得看以后。

有个男孩生下来后，在微曦的晨光中看起来那样圆润，那样完美无缺。可当我妈把他抱进屋里，孩子睁开眼睛，竟然是双蓝眼睛。也许是没有保护好，让他看到天了，天空的蔚蓝色进入了他的眼中。孩子的妈妈说，这孩子是被鬼附身了。可我妈说，这宝宝好漂亮哟。

不是所有的缺陷都可以这样轻松愉悦地解释过去。有个孩子生下来没有肛门，被丢进茅厕里，这样家里人就不必听啼哭声。他们一趟趟去看他是不是死了，可他竟活了很长时间。他们每次去看他，都见他在抽泣，肚子一起一伏，仿佛在努力排便。好几天时间，那家人要么去外面的地里解手，要么用屋里的便桶。

小时候，我经常想象有个一丝不挂的小孩坐在新式抽水马桶上，拼命想拉屁屁，最后还是憋死了。每次去卫生间，我都飞快地打开灯，免得某一团黑影变成那婴儿的模样，坐在马桶上，拼命要拉出来。有时候半夜醒来，我听到卫生间传来婴儿呻吟抽泣之声。我并没有去救它，而是等着那哭声停下来。

我希望这个无肛婴儿的故事能够证明，妈妈为人接生的时候并没有准备一盒干净的灰，以备用来处理女孩。"接生婆或亲戚把女婴脸朝下按在灰里，"妈妈说，"十分简单。"她从没说自己杀过婴孩，可说不定那个没有肛门的孩子是个男婴呢。

即便是来到这里，生活在金山，还是会有感恩戴德的夫妻给妈妈送礼。她会熬一种汤药，不光治好他们的不孕症，还帮他们生了男孩。

妈妈讲的故事常进入我梦中——那些婴儿反复出现在噩梦中，越缩越小，小到可以放在我的掌心。我蜷起五指给婴儿做摇篮，另一只手掌做凉棚。我护着那个梦中的婴儿，不让它受苦，不让它离开我的视线。可只要一眨眼，稍不留神，就找不到它了。我就只好原地不动，怕不小心踩了它。有时候眼睁睁看着它从我指缝间溜掉，因为我的手指不能迅速长出蹼来拦住它。或者是给它洗澡，我小心翼翼地拧开右手的水龙头，可喷出来的竟是热水，烫伤了婴儿，直到它的皮肤紧绷，小脸上只剩下一只号啕的红洞。婴儿在我手中渐渐消失，那洞也变成针尖大的小孔。

为使我清醒时的生活像美国人的生活那样正常，我总是趁那些稀奇古怪的东西来不及现身时，便迅速打开灯。我把那些奇形怪状的东西推进梦中，那些梦也是用中文做的，中文是讲述荒诞不经的故事的语言。在我们离家之前，父母在我们头脑中塞满了各种各样荒唐的故事，如同在一只只箱子中塞满自家做的内衣。

夏天的午后，当我家洗衣店的温度计蹿升到华氏一百一十一度时，爸爸或妈妈就会说，该讲个鬼故事了，好让大家后背发冷，降降温。我父母、弟弟、妹妹、叔公和"三姑"便一边哧哧、嘶嘶地熨衣服，一边扯着嗓子讲故事。三姑并不是我们的亲姑姑，而是同村老乡，是别人家的三姑。那时候我家洗衣店的生意很红火，衣服源源不断地送来洗，妈妈也不必去替人摘西红柿了。熨衣服累了，我们就叠衣服，聊作休息。

"一天黄昏。"妈妈开讲，一股寒意立即升上我的后背，爬上肩头，后脖颈和腿肚子上的汗毛也唰地立起来。"我从一位病人家出来，往家里走。回家要经过一座小桥。中国的桥跟布鲁克林和旧金山的桥可不一样。那是一座绳编的桥，就像喜鹊搭的窝那样疙疙瘩瘩，缠来绕去的。那桥实际上是去马来亚采燕窝的人回乡之后建的。在马来亚，那些人坐在自己编的筐子里，在悬崖峭壁上荡来荡去。那绳桥虽然一阵风就刮得东摇西晃，倒还没有人从上面掉进河里。河水看上去像深谷中一道明亮的划痕，仿佛是王母娘娘一扬手，用她巨大的银簪在天地之间划出来的。"

那天黄昏，妈妈刚踏上桥，便有两根烟柱在她眼前盘旋升起，比她还要高。烟柱顶端在她头上晃动，宛如两条白色的眼镜蛇挟持左右。一片寂静之中，一股阴风从两道纺锤状的烟柱之间吹过。一阵尖利的声音直冲入她的太阳穴。透过那两股旋风，她能看到太阳和下面的河，河水盘旋绕着圈子，树都头朝下长着。桥像船一样摇晃，晃得她头晕，大地在下沉。她瘫倒在桥面的木板上，那些木板此时已变成登天的梯子。她手指无力，抓不住梯子的横档。旋风扯着她脑后的头发，又把头发甩到前面抽打她的脸。突然之间，烟柱消失，天地恢复正常，她走到桥的另一头，回头一看，什么都没有。那时候她经常走这个桥，但以后再没遇到过那些鬼。

"那是戏蹬鬼，"叔公说，"戏蹬鬼。"

"没错，"妈妈说，"是戏蹬鬼。"

按着他们的发音，我不停地查词典，"鬼"字我知道，但另外两个字不知道是什么意思。我只能听到叔公那水寇似的声音，那是在纽约或古巴杀过人的大块头才有的腔调——"戏蹬鬼"。到底怎么翻译呢？

中国有过一些关于如何斗鬼的资料，我在书里找什么是"戏蹬鬼"，结果没找到。可我现在明白了，妈妈斗得过鬼是因为她什么都吃——动作麻利地抠出两只鱼眼，妈妈吃一只，爸爸吃一只。所有打鬼英雄都敢吃。有一本书里讲到县宰仆役高忠[1]的故事。高忠是个大肚汉，一六八三年，他吃掉了海怪的五只炖鸡，还喝光了十瓶浊酒。那海怪长着一嘴歪七扭八的獠牙，它将酒肉摆在海滩的火堆边，正待要吃，却被高忠杀得措手不及。高忠夺走了妖怪的雁翎刀。如今那口刀依然保存在文登的军械库中。

另外一位能吃的英雄是常州人周轶韩[2]，他用油把鬼给烹了。他

---

[1] 见清代钮琇的《觚剩续编》。
[2] 见清代袁枚《子不语》卷十五"油瓶烹鬼"，与此处说法稍有出入。

把鬼几刀剁为肉段，放在锅中油炸后吃掉。那小鬼原是一个夜游的女鬼。

唐代元和年间（八〇六年至八二〇年），陈鸾凤故意违抗雷神禁令，将黄鱼与猪肉同食。当时是大旱之年，陈鸾凤正想借此引出雷神。他一吃，雷神便自空中飞腾而出，其股如老树。陈挥刃断其左股，雷神堕地，状类熊猪，身青色，有犄角、肉翼。鸾凤跃至雷神身上，欲断其颈，啮其咽喉，却为乡人拦阻。此后鸾凤专事呼风唤雨，亲友与僧人怕招来雷劈电击，都不愿与他同住，他只得离群索居，在岩洞中生活。以后多年，每逢旱灾，乡人便求他将黄鱼猪肉同食祈雨，他都欣然从命。

在这些敢吃的打鬼英雄中，最奇的是唐代大历年间（七六六年至七七九年）一位善猎的书生，名叫韦滂①。他不光射猎飞鸟和兔子，烹煮吃掉，就连蛇、蝎、蟑螂、蠕虫、甲虫、蟋蟀、鼻涕虫之类，亦来者不拒，一概见而食之。有一次，他夜间投宿一户民宅，主人家因隔壁有人新死，移家避凶。那天夜里，韦滂见黑暗中有一只亮闪闪的圆盘向他飞来。他连发三箭将其射下，第一箭射得那物噼啪作响，火焰飞溅，第二箭之后火光转暗，第三箭过去，火噗的一声熄灭。仆人跑进来举烛照之，见几支箭插在一只肉球上，肉球浑身是眼，有几只已翻了白眼。他和仆人拔出箭，将肉球切碎。仆人以麻油烹之，馨香至极，韦滂大悦。他们吃掉一半，还留下一半给马上要回家的主人品尝。

①见《太平广记》卷三百六十三，妖怪五。

能吃者胜。曾经有人在路上见到一只白绸包裹，路人皆绕道而行，不敢捡拾。杭州一无名书生携之还家。包中有三只银锭，还有状如青蛙的妖怪踞于银锭之上。书生大笑，将妖怪赶走。当夜，两只像周岁婴儿那么大的青蛙出现在他的房间，他用棍子打死它们，炖熟后做了下酒菜。第二夜，十二只青蛙从房梁上跳下，加起来也有两个周岁婴儿大小，他把这十二只妖怪统统做了晚餐。第三夜，三十只小青蛙蹲在他门口，用眼睛盯着他，也被他一只不剩地吃掉。那一个月中，青蛙越来越多，也越来越小，而每天要吃的总量没有变。不久他家的地面仿佛变成了春天绿草茵茵的池塘岸边，刚由蝌蚪孵化而成的小青蛙四处乱蹦。家里人心急火燎地喊："赶紧找只刺猬帮着吃青蛙吧！"书生笑道："我和刺猬一样能吃！"一月过后，青蛙不再出现，白绸和银锭便归了那位书生。

妈妈什么都给我们做着吃：浣熊、黄鼬、老鹰、鸽子、野鸭、大雁、黑皮的矮脚鸡、蛇、菜园里的蜗牛，在储藏室地板上爬来爬去、有时逃到冰箱或灶台底下的乌龟，还有在澡盆里游来游去的鲇鱼。"以前皇帝常吃驼峰，"她会说，"他们用的筷子是犀牛角做的。他们还吃鸭舌猴唇。"我们从院子里拔来野菜，妈妈用沸水焯着给我们吃。有种鲜嫩的野菜，叶子像绿色的花瓣，叶下藏着皎洁如星的白花，吃起来没什么滋味。那种野菜我长大后再没见到过。等我长到冰箱那么高的时候，一天夜里，我刚出后门，突然有个沉甸甸的长爪子的东西挟着呼呼的风声朝我俯冲过来。后来，妈妈把我吓走的魂儿收了回来，可一想到到处都有耸着肩膀、满脸怒容的猫头鹰，我还是浑身发抖。猫头鹰是爸爸送给妈妈的，他是想给她一个惊喜。那时候，我们小孩子常钻到床底下，手指塞进耳朵里，因为不想听鸟儿被宰时的哀鸣，还有乌龟在沸水中用龟甲一下一下撞击锅壁发出的咚、咚、咚的声音。有一次，在洗衣店干活的三姑跑出去买了几袋糖果，为的是让我们堵住鼻子。妈妈正在切菜板上剐一只黄鼬，透过糖果，我还是能闻到那种胶皮般的气味。

我们家的架子上放着一只玻璃罐，里面是妈妈用酒精和草药泡的一只带尖爪的手掌。那一定是她从中国带来的，因为自打记事起，我就看到过那东西。她说那是一只熊掌，结果很多年来，我一直以为熊是不长毛的。我们要是扭伤或擦伤了，妈妈就捞出熊掌周围漂着的烟叶、大葱和草药给我们擦受伤的地方。

我正想爬上架子，对那熊掌左看右看，这时妈妈讲起猴子的故事。我会把手指从耳朵上拿开，听她讲猴子的故事。但并不是每次都是我情愿听的。有时她讲故事是为了抚慰某位思乡心切的老乡，我还没来得及采取保护措施，就已经听见了。之后，猴子的故事一直搅得我心神不宁，如同有一道帘子在脑子里飘来荡去。我真想说："别说了，别说了！"却一次也没说出口。

"你知道他们有了钱吃什么吗？"妈妈开讲了，"他们会办一桌猴宴。食客们坐在一张厚实的圆木桌周围，圆桌中间挖出一个洞。伙计用木杆拖着一只猴子进来，猴子的脖子被固定在杆子一头的项圈里。猴子双手被反绑在背后，凄厉地尖叫着。他们把猴子卡到桌子中间的洞里，整张桌子就像猴子的又一个项圈。厨师用一把外科医生用的锯子，在猴子头顶的天灵盖上锯出一个整整齐齐的圆圈。为了让骨头松动，他们用一柄极小的锤子敲打头骨，还用银牙签这儿撬撬，那儿撬撬。然后，一个老太太把手伸到猴子脸前，再伸到它的头顶，薅着上面的猴毛，把头顶上的盖子揭开。食客们便用勺子挖着猴脑吃将起来。"

她有没有说"你真该瞧瞧猴脸上的表情"？她有没有说"那些人听到猴子的惨叫都开怀大笑"？那猴子还活着吗？我脑中的帘子如一对仁慈的黑翅，合了起来。

"吃！吃呀！"妈妈冲我们伏在饭碗上的脑袋喊，桌子中间摆着一盘血豆腐，颤颤巍巍。

妈妈有一条教导我们辨别毒蘑菇的原则，以免中毒："味道好的不能吃，味道不好的能吃。"

剩菜有时会在餐桌上摆四五天，直到我们吃掉为止。鱿鱼的眼睛一次次在早饭、晚饭中出现，直到有人吃掉。有时候每个盘子里都有棕褐色的一团。有人碰巧在我们吃饭时来我们家，我见过他们脸上作呕的表情。

"吃了吗？"他们这样打招呼。

"吃啦。"不管吃没吃，他们都这样回答。"您吃了吗？"

我宁可靠吃塑料活着。

我妈妈斗得过长毛的怪物，无论是野兽还是鬼怪，是因为她能吃掉它们。但是当别的善人斋戒的时候，她也可以不吃肉。妈妈见到鬼不会吓得精神失常，她也不是女人们戏谑地称为"迷"男人的女人。她擅长驱鬼收魂，她不"迷"男人。村里的那个疯女人不一样，她举止失当，结果被村里人乱石砸死。

就在疯女人被砸死后不久，妈妈离开了中国。爸爸终于攒够了路费，但他没有回国，而是要接妈妈出去。可他们的团聚又一次被推迟，这回是因为日本人。到一九三九年，日本人已经占领了珠江流域的大片国土，妈妈和别的难民躲进山里。（我小时候经常看父母装成难民的样子，他俩坐着睡觉，身体偎在一起，头枕着彼此的肩膀，胳膊揽着对方，还把毯子像小帐篷一样支起来。"唉！"他们唉声叹气，"唉！""妈，什么是难民？爸，什么是难民？"）日本人虽是"小日本"，还不算"鬼"，大概是唯一不被当成鬼的外国人。他们可能是受秦始皇派遣寻找长生不老药的人的后裔，他们要穿过难以逾越的狂风迷雾，抵达东海上的岛屿，那里生活着凤凰、麒麟、黑猿、白鹿。岛上有座仙山，名曰蓬莱，大概指的是富士山，上面生长着幽兰碧草、异树琼花。要是这些奉命寻药的人找不到长生仙草空手而归，皇帝就会斩掉他们的脑袋。还有一种说法，说日本人的祖先是一只猿猴，强暴了一位中国公主。公主逃到东方岛屿，生下第一个孩子。不论按哪种说法，他们还不算完全的异类，甚至还沾了点皇亲。来中国的日本人有时会把孩子包一包丢在地瓜地的头上，没儿子的人会把这样的孩子偷回家养着。

这段时期，日本飞机每天都来山坡上轰炸，村里人时时提防。

妈妈告诉我们："要是飞机是单个单个出来，就用不着害怕。可是要当心那种三架一组飞的，它们一散开，就要扔炸弹了。有时候飞机铺天盖地，让人什么也看不见，什么也听不清。"她这样警告我们，是因为在她远涉重洋来到美国后的几年中，那场战争仍在持续，当时我们已经出生了。当泛美航空和联合航空的飞机从头顶上飞过时，我便瑟缩在毯子底下，飞机发动机的声音最初像嗡嗡的虫鸣，而后便越来越大，越来越大。

在山中避难时，妈妈在山洞里开了一个诊所，把受伤的人也运到那里去。有些村民以前从没见过飞机。当妈的会捂住哭闹的婴儿的嘴，免得招来飞机。轰炸把一些人吓疯了，他们在地上打滚，身子使劲贴着地面，好像地面可以敞开门放他们进去似的。危险过去后，有些人还是浑身抖个不停，干脆就住在山洞里。妈妈一边揪着他们的耳朵替他们收魂儿，一边解释飞机是怎么回事。

一天午后，山中笼罩着夏日的祥和宁静。茂草间，婴儿们躺在绣花毯子上酣睡，毯子铺在野花上。四处一片静谧，蜜蜂嘤嘤嗡嗡，河水在卵石、山岩和洼地间嬉戏。母牛在树荫下甩着尾巴，山羊和鸭子跟着孩子们东游西荡，鸡在刨土觅食。阳光下，村里人三三两两地站着，相视微笑。他们聚在一起，无所事事，山下便是他们的田地，可是没有人耕地，没有人除草，大家像神仙般悠闲，简直像在夏天过年。妈妈和同龄的女人们聊到这些天和太平年岁的日子多么相似，那时大家一起上山拾柴，只是这会儿可以懒懒散散，不用担心被婆婆责骂。

村里那个疯女人戴上那套镶着小镜片的头饰，有几片随着红翎摇摇晃晃。她穿一身疯疯癫癫的大红大绿，端着一只瓷杯去河边舀水，一路上向动物和摇曳的树枝打着招呼。她的裹脚布早已松开，但那双三寸金莲踏着一对形如小桥的弓鞋，走起路来一步三摇，婀娜多姿，颇为赏心悦目。她跪在河边，唱着小曲儿把杯子盛满，然后两手小心翼翼地端着满满的杯子，摇摇摆摆地走向林中的一片空地。那片空地在午后的阳光下显得分外明媚。村里人都转头去看她。只见她用指尖在杯中蘸一蘸水，往草丛和空中弹了几滴水珠。然后，她放下杯子，拽出那身旧式衣裙的白色水袖，开始在草地上沿扇形徐徐走动，一会儿将袖子抛入空中，一会儿又拖在草地上曳行。她在那片光中翩翩起舞，头饰上的小镜子反着光，彩虹般映射在绿叶间，闪烁在水杯上，使水珠熠熠生辉。妈妈感觉像在窥视铁拐李的仙葫芦，可以从中看见顽劣凡人的命运。

一个人耳语一声，打破魔咒，把妈妈拉回现实。"她在给飞机发信号。"耳语很快传开。"她在给飞机发信号。"人们附和着，"拦住她，拦住她！"

"不是这么回事，她不过是个疯子。"妈妈说，"只是个不害人的疯女人。"

"她是间谍，日本人的间谍。"

村里人拾起石头，朝山下走去。

"把那些镜片取下来好了，"妈妈喊道，"摘掉她的头饰就行。"

可是有人已经试探着扔出几块石头，石头落在疯女人周围。她躲闪着，还想用手接住，她开心地笑起来，以为终于有人陪她玩了。

距离越来越近，石头投得越来越狠。"好啦，好啦，我去拿掉她的镜片。"妈妈这时候已经从山上跑到了空地上。"把头饰给我。"她命令道，可疯女人只是娇媚地摇摇头。

"看到了吧？她就是间谍。大夫，你让开，你看到她用光打信号了。只要她一到河边去，第二天飞机就会来。"

"她不过是去舀水喝。"妈妈说，"疯子也得喝水啊！"

有人夺过疯女人的杯子，向她砸过去。杯子在她脚下摔碎。"你是不是间谍？是不是？"他们质问道。

那女人狡黠地眯起眼睛。"我是啊，"她说，"我威力强大，可以让天上降下火焰。是我干的。别惹我，不然我还会降下天火。"她侧身向河边退去，似乎想要逃走，可她那双小脚是逃不掉的。

一块大石头砸中她的脑袋，她袖子晃了几晃，仆倒在地。头饰散落，在被砸破的脑袋边蹦跳着。村里人围拢过去。有人捡起一块镜片放在她的鼻翼下，镜片蒙了一层雾，他们便又攥着石头砸她的太阳穴，直到把她打死为止。还有些人一直围在她身边，砸她的头和脸，那些小镜子被砸成了银色的碎片。

妈妈这时已经转身朝山上走去（她从来不抢救必死无疑的人），她转过身，望着那一团血肉和石块，两条衣袖，一摊血迹。当天下午，飞机又来了。村里人把疯女人和别的炸死的人一起埋葬。

一九三九年冬天，也就是疯女人被砸死后半年左右，妈妈离开中国，于一九四〇年一月抵达纽约港。她拎的还是去广州拎的那口箱子，只不过这次里面装的是种子和根茎。在埃利斯岛上，海关官员问她："你丈夫哪年剪的辫子？"她想不起来，吓坏了。可事后她告诉我们，也许答不上来反而更好，万一他们是想借机给她丈夫罗织政治罪名呢？那时候男人剪辫子是一种姿态，表示对抗清朝，支持他们的广东同乡孙中山。

我是二战打到一半时出生的。从记事起，我就觉得妈妈的故事总是讲得很及时，我时刻提防有没有三架飞机分散开飞来。除了经常梦见越缩越小的婴儿，我还经常梦见一排排一列列的飞机、飞船、火箭船、飞弹，编队整齐得如同衣服上的针脚，黑压压遮天蔽日而来。当梦中的天空中似乎空无一物时，我会梦见自己在飞，可如果凝神细看，便会看到银光闪闪的机器，有些还没有发明出来，正在移动——一架架飞行器从一片大陆飞往另一片大陆，从一个星球飞往另一个星球——只是它们那么寂静，那么遥远，颜色在白天显得那么浅，不了解它们的人根本看不见。我必须得想办法，好从它们的缝隙间飞过去。

可在美国，到处都是机器和鬼——的士鬼、巴士鬼、警察鬼、灭火鬼、查表鬼、剪树鬼、杂货店鬼。从前，这个世界上的鬼密密麻麻，让我透不过气，迈不开步，我在白鬼和他们的车中间跌跌撞撞。这儿也有黑鬼，只是他们都大睁着眼睛，满面笑容，比白鬼更容易看清。

我最害怕的是报童鬼，他从停在路灯下的汽车中间走来，背上背的不是小弟弟，而是装报纸的袋子。他就那样在街中间走，没有大人跟着。他朝空荡荡的街道喊着听不懂的鬼话，声音传到屋里孩子们的耳中，传到孩子们的心中。孩子们会攥着零钱跑到院子里。他们会跟着他走，结果跟得太远，一拐弯便忘了回家的路，于是找最近的房子敲门问路，被吉卜赛鬼拿金戒指引到屋里，被活活煮了，装进瓶子，做成药膏。这样的药膏可以治疗小儿摔伤的瘀青。

那时候我们经常假扮报童鬼。我们找来过期的中文报纸（报童鬼不把他的鬼报纸给我们），拿着在屋里和院子里转来转去。我们高举报纸，挥舞着喊："卖报啦，买份报吧！"但那些能听出弦外之音的人知道，其实我们卖的是一种用炖小孩的肉制成的神奇药膏。报纸下面藏着绿色的药瓶。我们还自己取了英语药名，写在药瓶上，如今一看，好像不过是一长串"e"。听到真报童的叫卖声，我们便拖着报纸藏到楼梯下，或跑到地下室躲起来。地下室里有个井鬼，住在黑水中，上面压着盖子。我们蹲在旧金山的《金山新闻》上，用手堵住耳朵，直等他离开才敢出去。

为了买吃的，我们得和卖货鬼打交道。超市过道里挤满鬼顾客。送奶鬼每隔一天就会开着他的白色卡车挨家挨户送奶。我们躲在屋里瞧，等他的卡车开走，车上箱子里的奶瓶碰得咔嗒咔嗒响。我们看车拐了弯，才打开前门和纱门，伸手把牛奶拿进来。经常来的还有送信鬼、查表鬼、垃圾鬼。就是躲在家里不上街也没用，他们会趴在窗户上往里张望——社会工作鬼，公共卫生护士鬼，战时来招工的工厂鬼（他们答应让孩子免费入托，可妈妈还是没答应），两个去中国传过教的牧师鬼。我们就藏在窗台底下，身子紧贴着护墙板，直到那些鬼对我们喊一阵子鬼话，我们差点就要让他们住口了，他们见没人应答，只好走了。他们不会砸开门硬闯进来，只有几个偷盗鬼除外。要是流浪鬼和无家可归的酒鬼敲不开我家的门，就会摘我们的桃，从水龙头那儿喝我们的自来水。

那些鬼的眼神和听力好像都不太好。偶尔不知为了什么鬼目的，他们会来干些有用的杂活，这时候他们就会安生些。一天上午，垃圾鬼来了，我们懒得放下窗子，隔着纱窗大声议论他，指着他毛茸茸的胳膊，笑话他把垃圾袋甩到肩上之前提一提脏裤子的样子。"瞧垃圾鬼在找食吃！"我们几个小孩子喊。"垃圾鬼。"我们边点头边说。垃圾鬼直盯着我们，他用一只手扶着背上的口袋，径直朝窗边走过来。他的鼻孔又大又深，长着黄色棕色的鼻毛。他缓缓张开血盆大口，学着人说话："垃……圾……鬼。垃圾鬼？"我们吓得吱哇乱叫着跑去找妈妈，妈妈赶紧把窗户关上。"现在我们知道了，"她告诫我们，"白鬼也能听见中国话，他们学过的，千万别再当着他们的面说三道四。用不了多久，我们就要回家了，那里到处都是汉人。到那时，我们要买真正的家具，真正的桌子椅子。你们这些孩子也会第一次闻到真正的花香。"

"妈妈！妈妈！又来了，我尝到嘴里的东西了，可我什么也没吃啊！"

"我也尝到了，妈妈，我也尝到了！嘴里什么也没有，只有口水，可口水像糖一样甜！"

"你奶奶又从中国给你们寄糖果来了。"妈妈说。人不用送信，鬼也能捎信的。

那时候我准是经常瞎琢磨，我那个没见过面的奶奶大字不识一个，写信还得找人代笔，她是怎样不花钱就给我们寄糖果来的？等我长大一点，懂得些科学知识后，便再也收不到她的礼物了。她去世了，我到底也没能赶回"家"，问问她究竟是怎么寄的。每当父母说到"家"，他们便忘了美国，忘了享受。但我不想回去。父母会把我和妹妹们卖掉，爸爸还会娶两三个小老婆，那些小老婆会往我们脚上泼滚油，还撒谎说我们哭只是故意捣乱。她们会给自己生的孩子吃饭，给我们吃石头。

小时候，世界那么大，令我害怕。狗的号叫声越远，火车的声音越远，我在被子下面就蜷缩得越紧。火车往黑夜深处越开越远，汽笛声越来越低，最后一声悠长的呜咽消失在驶往中国的方向，终于听不见了，可车还是没有驶到世界的尽头。这世界该有多大啊，竟使奶奶赶到我们身边时，只剩下一点点甜味呢？

上次我回家看望父母时，夜里难以入眠，我长大的身体被小时候压得坑坑洼洼的床垫硌得睡不着。我听到妈妈走进来，便一动不动地躺着。她想干什么呢？我闭着眼睛，想象妈妈站在半明半暗的门口，一头卷发已苍白如雪。妈妈，如今我的头发也已经花白。我听见她轻轻搬动家具，随后又拽出一床棉被，那种自家做的中式厚被子，盖在我身上。之后我就不知道她在哪儿了。我从眼皮下偷偷一瞄，吓得差点跳起来。她已经搬过一把椅子，紧挨着我的床头坐着。我看到她那双有力的手搁在膝头，并没有摆弄着十四副毛衣针。她对自己那双手很是自豪，什么活都干得了，却依然红润柔软，而爸爸那双手早已经像刀刻的枯木。妈妈的掌纹不像别人那样分成智慧线、情感线和生命线，而是如同返祖般只有一条皱褶。那天夜里，她是一头伤感的熊，一只裹着羊毛披肩的大绵羊。近来，她开始喜欢围披肩，戴美国式的老花镜。她坐在我的脑袋边，想做什么呢？我能觉出她凝视我的目光——她那双眼睛如同两盏灯，温暖着我花白的头发，温暖着我嘴角的皱纹、细瘦的脖子、清瘦的双颊、消瘦的双臂。我感到她的目光照耀在我瘦巴巴的双肘上，便假装梦中翻了个身，把胳膊肘藏起来，免得她挑剔。她目光灼灼地盯着我的眼皮，视线穿透眼皮，直盯着我的眼睛，我只好睁开双眼。

"怎么啦，妈？你干吗在这儿坐着？"

她一伸手，把她放在床头地板上的台灯打开，说："我把你放在厨房台子上的摇头丸吃了。"

"妈，那不是摇头丸，只是感冒药，我感冒了。"

"你一回家就感冒，准是吃了太多阴性的东西。我再给你拿床被子。"

"不，不用了。不是给你开的药，你怎么乱吃呢。你以前不是经常对我们说'路边捡的药不能吃'吗？"

"你们这些孩子，从来不告诉我你们在干什么，不吃我怎么知道你们是不是在嗑药？"她好像头疼似的，闭上金丝边眼镜后的双眼。"唉，"她叹了口气，"你们又要离开我，我怎么受得了啊？"

我又怎么忍心离开她？她会关上这间暂时为我打开的房间，在这已经萎缩的家中，走过来，走过去，一遍又一遍地打扫。自从我们离开家，屋里整洁多了，每把椅子都摆得端端正正。如今卧室中的水槽也可以用了，旁边的壁橱里也不像以前那样总是塞满脏衣服。妈妈把我们的衣服鞋子都装进箱子里收好，以备灾荒年月时再穿。卧室里的水槽是灰色大理石的，是我们搬来之前原房主安装，为的是把卧室租给一些上年纪的华人。小时候我经常想象，早上起来，彬彬有礼的小老头们洗漱穿衣，然后慢吞吞地走出这些卧室。可是我必须离开，回到外面的世界，那个世界没有放衣服的大理石壁架，没有用自家养的鸭子和火鸡的毛絮成的被子，也没有穿戴整齐的小老头的幽灵。

台灯发出类似电视屏幕的光，仿佛使高高的天花板消失不见，然后又突然落回原先的位置。我感到什么东西在喀啦喀啦往下落，原来是妈妈把百叶窗拉下来了，拉得低低的，连卷轴都露出来。过路的人不会看到这家里有个女儿。黑暗中，妈妈有时像一只巨大的动物，影影绰绰，很不真实，随后又变回妈妈的样子。我看到她那双大眼睛周围的皱纹，看到她因为缺了上牙而凹陷的脸。

"我很快就会回来的，"我说，"你知道我会回来的。我不在家的时候也想你。"

"是啊，我了解你。现在了解你，也一直了解你。你就是会说好听的，你根本就不回来。你还说'我感恩节回来'呢，哼！"

我咬紧牙关，声带像是被割断了一样，很痛。我不会说那些让她伤心的话。她的儿女都会咬牙忍着。

"上次我见你，你还年轻，"她说，"现在你都老了。"

"我不是去年刚回来看你的吗？"

"你就是这一年老的。瞧你，头发都花白了，也没胖起来。我知道那些华人都怎么议论咱们。'他们真穷，一个闺女都养不胖。'他们说，'那家人来美国这么多年，还是舍不得吃。'唉，真丢人啊——一大家孩子都皮包骨头。还有你爸爸，也那么瘦，瘦得都快没人样了。"

"妈，不用担心我爸。医生说了，瘦人长寿。爸爸会长寿的。"

"我就知道，我是没几年活头了！你知道我是怎么长的这身肉吗？吃你们剩饭吃的。唉，我是老了，过不了多久，你们就没妈啦！"

"妈，这话你都说一辈子啦。"

"这回可是真的，我都快八十了。"

"我还以为你才七十六呢。"

"我的身份证明上写错了，我今年八十。"

"可我以为你身份证明是写错了，你实际上才七十二呢，按中国人说法，虚岁才七十三。"

"我的证明是错了，今年八十，虚岁八十一。七十也好，八十也好，数字又有什么关系？我现在说不定什么时候倒下，就爬不起来了。街那头的阿姨，有一天做好晚饭，坐在门口台阶上等丈夫和儿子回家吃饭，合上眼休息了一会儿，就再没醒过来。这样死倒也挺好的。"

"可咱家的人都能活到九十九呢。"

"那是你爸家的人。我父母死得早，五十岁都没活到，我最小的妹妹刚十岁就成了孤儿。"

"那你多活了这么多年，该感激才对啊。"

"我以前以为你们也一定会成孤儿的，没想到能活着看到你白了头。你干吗不染染？"

"妈，头发的颜色不代表年龄。白色和黑色、棕色一样，不过就是一种颜色。"

"你总是听那些鬼老师、鬼科学家、鬼医生的话。"

"我总得谋生啊。"

"你有没有注意过，我从来不说你是我的长女，我总是对人说，这是我的大女儿。"

"那么说，你的长女长子确实死在中国了？你以前不是说过，我十岁的时候她二十岁，我二十岁的时候她就三十岁了？"她是因为这个原因，从不叫我长女吗？

"不是，那些准是你梦见的，准是你瞎编的。我就你们这几个孩子。"

（那故事说的是谁呢——故事中那对父母把钱丢给孩子，可孩子拼命哭，也不捡钱。孩子在撒满硬币的地上打滚，他们的父母要去美国，丢下一把零钱给孩子。）

她身体向前倾，眼睛里满满的都是要说的话："我拼命干活。"她说，眼睛又开始出神，在看什么呢？我双脚使劲相互搓着，都快把皮搓下来了。她又说起来："柿子秧扎手，我能觉出秧子上的小刺扎透手套。我的脚扑哧扑哧地踩着烂柿子，扑哧扑哧地踩着前面的人踩过的烂柿子浆。柿子秧扎在手上很刺痒，你知道止痒的诀窍吗？把一个新鲜西红柿掰开，用汁搓皮肤。柿子汁搓在脸上可清凉了。嘻，收拾土豆才会把我的手搞坏。我要是蹲在地上洗土豆，会得风湿的。"

晚上，她已经解开了腿上的绑带，曲张的静脉迸起来。

"妈，你为什么还干活？用不着再干了吧？你真需要那么拼命吗？还去西红柿地里跟别人抢活儿干？"她的发根处已长出白发，仿佛给染过的黑发束了条白发带。她是为了让农场主雇她才染发的。她会步行到贫民窟，和流浪汉、酒鬼、吸毒者以及墨西哥人一起排队，等农场的大巴来，等农场主挑选他们想雇的人。"你有房住，"我说，"还有社保，不愁没饭吃。当时城市改造一定也给你补偿了。他们拆了洗衣店，要说也是好事。真的，妈。不然我爸永远也不退休。你也该退休了。"

"你以为你爸愿意闲着没事干啊？你瞧瞧他的眼睛，一点神都没有，话都懒得说了。我去干活，他就在家吃剩饭，自己都不做饭吃。"她忏悔般地说，她一这样我就生气。"那些城市改造鬼是给了我们拆迁费。可那些顾客是我们花十七年时间才揽下来的。我们都老了，还会有十七年吗？靠那点拆迁费，怎么可能东山再起？唉！"她挥手往旁边一摆，"白鬼看不出中国人的年纪。"

我合上眼，呼吸均匀，可她看得出我没有睡。

"这真是个可怕的鬼国家，没完没了地干活，一辈子就这么过去了。"她说，"连白鬼都得干活，连看耍把戏的时间都没有。自从坐船来到这里，我就没有一天不干活。孩子一生下来我就得开始干活。在中国，我都不用自己动手挂衣服。我真不该出国啊，可是没有我，你爸养活不了你。我才是身强力壮的那个。"

"你要是不出国，哪还有个我需要你们养啊。妈，我真困了，让我睡会儿行吗？"我不相信人会老，我不相信人会累。

"在中国，我用不着身强力壮，那时候我身材可娇小呢。"确实如此。她送给我的丝裙小极了，难以想象那是她穿过的。而这个妈妈能够扛起一百磅一袋的得克萨斯大米上楼下楼。她能在洗衣店从早上六点半一气儿干到半夜，把婴儿从熨衣板上挪到架子上，放在一包包衣服之间，放在橱窗里，鬼顾客会敲橱窗玻璃。"我把你们小孩子放在洗衣店中干净的地方，尽量离那些鬼佬衣服上的细菌远一些。嗬，他们的臭袜子脏手帕熏得我喘不过气来。我现在咳嗽，就是因为吸了十七年的尘土。肺痨病人的手帕，麻风病人的袜子。"我原来还以为她把我小妹妹放在橱窗里是为了炫耀呢。

在朦胧的夜色中，我们仿佛又回到洗衣店，妈妈坐在一只装橘子用的板条箱上，把脏衣物分拣成像山那样高的几大堆：一大堆床单，一大堆白衬衣，一大堆深色衬衣，一大堆工装裤，一长堆内衣，一短堆内衣，一小堆成对别在一起的袜子，一小堆别着标签的手帕。即使在白天，她也会在周围点着蜡烛，如一圈洁净的黄色钻石，一圈环绕她的舞台脚灯。神秘的蒙面妈妈，鼻子和面孔上蒙着一条牛仔手帕。打开一包衣服之前，妈妈会点上一支高高的新蜡烛，这很奢侈，放蜡烛的小浅锅里满是融化的蜡油和烛芯，有时会噼啪迸出蓝色的火苗，小时候我以为那是细菌被烧死的声音。

"老板娘，不给钱不给洗？"有的鬼佬故意模仿我们说话，真让人难堪。

"多嘴的红嘴鬼。"她给那人取了个外号，写在包裹上。

思绪回到卧室里，我说："用蜡烛消毒，这主意挺好。那些蜡烛应该起作用了。"

"没多大用处。一想到脏衣服里冒出来的飞尘，地里扬起的尘土，给小鸡舀饲料掉出来的末末，我就咳嗽起来。"她沉沉地咳嗽着，"瞧见了吧？我这是劳累过度。在中国，人不会这么拼命。在中国，时间过得慢。这里什么都匆匆忙忙，我们得趁着还没老，还干得动，赶紧挣钱，好养活嗷嗷待哺的孩子。我感觉自己像只给小猫觅食的母猫，动作得快，不然过几个小时就不会数小猫了，甚至完全忘了自己还生过小猫。我在这个国家睡不着，因为这里晚上也不消停。工厂、罐头厂、饭馆——总有人还在什么地方通宵干活。这里永远不会一起打烊。在中国，时间不一样。那里的一年就像我在这里的一辈子那么长。夜很长，你可以串门子找女友玩，在每家喝喝茶、打打牌，完了天才刚刚黑。时间慢得让人烦，只能百无聊赖地扇着扇子。而在这里，地板还没来得及拖，衣服还没有熨完，钱还没有挣到手，就已经大半夜了。我要是在中国，这会儿还年轻着呢。"

"时间在哪儿都一样，"我淡漠地说，"只有永恒的当下，还有生物的成长和衰老。你觉得时间紧迫，是因为你过了四十五岁还得养活六个孩子，你为养活我们操心。可是妈，你现在不该操心了。现在你想啊，人到中年还有一大群儿女绕膝，你该开心才对呀。没有几个母亲有这样的福气。这不就像把你的青春拉长了吗？是不是？你千万别再担心了，我们都长大成人，你不用再干活了。"

"我不干不行。不干活我浑身难受，头疼，背疼，腿也疼。我还头晕。停不下来啊。"

"我跟你一样，妈，我也是停不下来。别担心我会挨饿，我不会挨饿的。我知道怎么干活，我忙个没完。我会杀鸡宰鸭，会剥皮，会拔毛。冷的时候，我会扫地拖地，让身子暖和。我知道日子不好过的时候怎么对付。"

"我教会你们这些孩子照顾好自己，倒是好事。现在我们是铁定不回去了。"

"你一直这么说。"

"这次是定局了。昨天收到老家的一封信，村里人说，他们要接管咱家的土地，问咱们同不同意。你知道，现在只剩你爸一个人说了算。你爸已经回信，说同意他们接管。就这样定了。回不去了，那里已经没我们的家了。"

如此说来，一切都已结束。将近四十年来，老家的叔伯妯娌、爷爷奶奶为争土地吵得不可开交，这些事父母越说越上火。每周一封的信中总有一出新戏上演，公说公有理，婆说婆有理，直到结束。结束多么简单——我父亲写信表示同意。征求同意，表示同意，在时隔二十五年之后。

"我们现在属于整个地球啦，妈。要是我们不属于任何一个地方，就属于整个地球，你明白吗？我们往哪儿一站，哪儿就属于我们，到哪儿都一样。"那我们可不可以用回国的路费买家具、买汽车呢？现在美国的花儿闻起来香不香呢？

"反正我也没打算回去。"她说，"我习惯吃这里的饭了。那些人也太坏。你真应该看看我在地里干活时见到的那几个人。他们在衣服里藏了条口袋，偷主家的葡萄、西红柿。一到星期天，他们开着卡车去偷。在旧金山，他们自相残杀。"一个老人去另一个老人家做客，竟然偷人家的矮脚鸡，哪承想一对黑鸡爪从他的毛衣底下探出来，被主人瞅见，抓了个现行。一天早上醒来，我们发现家里长枇杷树的地方只剩了个坑，后来见一个华人邻居家新栽了一棵枇杷树，和我们家丢的那棵一模一样。我们认识的一个人在菜园里立了一个牌子，上写："此处非共用园地，白菜乃私人种植，请勿偷割。"牌子上的日期和签名字体十分漂亮。

"他们都很刁。不行啦，我老了，斗不过他们。他们心眼儿太多，我耍不过他们。你瞧，我已经吃惯了这里的饭，以前的机灵劲儿也没了。我现在只希望一件事，就是你们都住在这里，而不是像吉卜赛鬼似的到处流浪。我希望你们所有人都住在家里，大伙都回到家里，你们姐弟六个，加上你们的孩子，还有女婿、媳妇，一大家子二三十口人，热热闹闹，那样我就开心，你爸也开心。不论走到哪个房间，到处都是亲人，女婿、孙子、外孙，一转身都会碰到人，那才像个家的样子。"她那双大眼中满是伤感。一阵头疼涌上来，如蜘蛛吐出枝枝杈杈的细丝，蒙住我的头盖骨。母亲将蜘蛛的腿刻进我冰冷的骨头。她撬开我的头骨，撬开我的拳头，将对时代的责任，对横亘中美间的海洋的责任，统统塞进我的头脑和手中。

她和父亲离开自己的父母，现在神明要报应了。我奶奶曾经写信恳求他们回家，他们不听。如今他们也体会到奶奶那时的感受了。

我只得对她说："离开这里，我就不会得病，也不会每次放假就住院，我不得肺炎，X光片上没有黑点，喘气的时候也不胸口疼。我可以呼吸舒畅，不会凌晨三点头疼。我不用吃药，不用看病。在别的地方，我不用锁门，不用一遍遍检查门有没有锁好。我不用站在窗口，看外面有没有动静，看黑影里有什么。"

"你不锁门？你这是什么意思？"

"我锁门，我锁门，但不像在这里这样提心吊胆。我听不到鬼的声音，我不会夜里不睡觉，听厨房有没有人走动。我不会听到有人卸门撬窗。"

"可能不过是流浪鬼或酒鬼在找地方睡觉。"

"我不想听到流浪鬼或酒鬼的声音。我在这个国家找到了没有鬼的地方。我觉得我属于那里，在那里我不感冒，不需要动用医疗保险。在这里我老是得病，都没法工作。妈，我真的没办法。"

妈妈打了个哈欠："这样说，你还是离开家的好。肯定是加州的气候不适合你的体质。你可以经常回来看我们。"她站起身，关上灯。"当然了，小狗娃，你确实得走。"

心上的重负卸下。身上的被子仿佛是充气的，整个世界都觉得轻松。妈妈已经好多年不叫我的小名了，那小名是为糊弄神明才取的。其实我是一条龙，她也是一条龙，我们俩都是龙年出生的。实际上我是长女的长女。

"晚安，小狗娃。"

"晚安，妈。"

她送我进入梦乡。操劳不停的我如今也老了，我梦见越缩越小的婴儿，梦见遮天蔽日的飞机，还有比这里的唐人街更大的唐人街。

西宫外

大约在六十八岁那年，英兰休了一天假，去旧金山国际机场等候妹妹乘坐的班机。她已经三十年没见月兰，在家里就已经迫不及待。月兰坐的那架飞机在香港起飞前半个小时，英兰就起床了，她要用自己意念的力量托着飞机，于是凝神发力，累得脑仁疼。飞机得轻才行，所以她不管多累，都不敢让自己的心神靠在机翼上歇会儿，而是不停地轻轻朝上托着飞机肚子。这会儿她已经在机场等了九个钟头，依然很精神。

月兰的独生女儿坐在英兰旁边，陪姨妈一起等。英兰也让自己的两个孩子一起来了，因为他们会开车。可他们早已经被报刊架、礼品店和咖啡座给勾走了。她这些美国孩子坐不住，不知道什么叫坐着，双脚从来都停不住。她希望他们能赶在飞机到达之前，从收费电视、收费厕所，或者随便什么让他们花钱的地方赶紧回来。要是他们不赶快回来，她就去找他们。要是儿子以为藏在男厕所就能躲得过，那可就想错了。

"姨妈，还好吧？"外甥女问。

"不好，这椅子硌得慌。帮我拿几把椅子过来，给我垫垫腿。"

她展开一条毯子，铺在椅子上当床用。地板上放着她带来的两个大购物袋，里面装满了桃罐头、桃、芋头叶包的青豆、曲奇饼，还有暖水瓶，食物足够所有人吃，可只有外甥女陪她吃。她那一双不听话的儿女很可能偷着买汉堡包吃去了，真是浪费。她要训他们一顿。

她们旁边坐了许多陆军、海军士兵，安静得出奇，像一群穿牛仔制服的小男孩（她一直以为"牛仔"就是你们所说的"童子军"）。他们这是去越南前线，该哭哭啼啼才是。"要是看到长得像中国人的，"她心里想，"我就过去嘱咐他两句。"她突然坐起身，她竟忘了自己的儿子现在也在越南。她小心翼翼地将心神分出一半，投向海洋，投向儿子所在的那片海，好托着他漂在水面上。他这会儿在船上，在越南海域。这一点她很有把握，他和别的孩子一直合伙骗她，先说他在日本，后来又说在菲律宾。可当她发力帮助儿子时，却觉出他是在岘港的一艘船上。她还留意到别的孩子藏他寄回来的信封。

"你觉得我儿子是不是在越南？"她问正在听话地吃东西的外甥女。

"不会吧，表哥表姐不是说他在菲律宾吗？"

"你见过他哪封信上贴菲律宾邮票了吗？"

"哦，见过，他们给我看过一封。"

"我敢打赌，他们准是把信寄给菲律宾的熟人，让他在信封上盖上马尼拉的邮戳来蒙我。"

"是啊，我能想象他们会这么干。可是不用担心，你儿子会照顾好自己的。你的孩子都很自立。"

"他不行，他和别的几个不一样，根本不正常。他把橡皮塞进耳朵里，橡皮上还带着个铅笔头呢。要是长官说'弃船'或'当心炮弹'，他肯定听不见。他不听命令。我告诉过他，让他逃到加拿大去，可他不去。"

她闭上眼睛。过了片刻，飞机和船都已在掌控之内，她又打量起那些穿军装的孩子来。一些金发碧眼的士兵看起来像小鸡雏，他们金色的寸头像鸡雏身上的黄色绒毛。尽管他们是陆军鬼、海军鬼，可她还是没法不同情他们。

突然间，她的儿子女儿跑过来。"快点，妈，飞机提前降落了！她已经到了！"他们催促着，把妈妈扎下的营盘收拾起来。她很高兴，这俩孩子还是有点用的。他们总算知道来旧金山是干啥的。"幸亏我让你们提前来了。"她说。

英兰挤到人群前面。她必须站在前面。几道玻璃门和玻璃墙把乘客和接机的人隔开，移民局的人正在往文件上盖章。乘客挤在传送带旁边等待检查行李。英兰到处张望，可哪儿都不见妹妹的影子。她站在那里等了四个小时。孩子们走了又回来。"你干吗不坐一会儿？"他们问。

"椅子离这儿太远了。"她答道。

"那干吗不坐在地板上等？"

不，她要站着，她妹妹很可能正在排队，虽然这会儿还没看见她。她这些美国孩子没感情，也没记性。

为了打发时间，她和外甥女谈论起那些中国旅客。这些新移民真是轻快。当年在埃利斯岛上岸的那些移民，历经四十天海上颠簸，个个消瘦憔悴，也没有如今这么时髦的行李。

"那个人像是她。"英兰会说。

"不是，那个不是。"

想当年，埃利斯岛上的建筑是木材和钢铁结构的，而这儿的却是崭新的塑料建成的，这是洋人的鬼把戏，想让移民以为他们安全了，好把秘密一股脑儿供出来，那样就会被移民局直接遣返回国。要不然，他们干吗把她锁在外面，不让她进去帮妹妹回答问题，拼写名字呢？当年在埃利斯岛上，海关鬼问她，她丈夫哪年剪的辫子，旁边地上蹲着的一个中国人示意她不要说，于是她说："我不知道。"要不是那个人，说不定她今天就不会在这儿了，她丈夫也会被遣返的。她希望能有位华人，清洁工也好，办事员也好，会关照一下月兰。那些传送带会让移民产生错觉，以为上这座"金山"轻而易举呢。

英兰的心一阵狂跳——月兰。"她在那儿！"她喊道。可她外甥女一看，那根本不是她妈妈。等她看清姨妈指的那个人，更是大吃一惊——那是位年轻姑娘，比她自己还年轻，和英兰出国时月兰的年纪差不多。"当然，月兰会做出点改变的。"英兰说，"她会学着穿西式服装。"那位姑娘身穿海军蓝的套装，肩膀上点缀着一束深紫色的樱桃。

"不是，姨妈，"外甥女说，"那不是我妈妈。"

"也许不是，都过了这么多年了。是，那是你妈，准是她。等她走近点我们就看清了。你说，是因为太远我看不清呢，还是我的眼神不行了？"

"是因为这么多年没见面了。"外甥女说。

英兰突然一转头——又来了一个月兰，这位是绾着发髻的娇小整洁的女子。排在她前面的人说了句什么，她正在笑。月兰就这样，有事没事就爱笑。"要是她俩有一个走近点就好了，那样我就能看出区别来。"英兰满脸热泪，也不知道擦。有两个孩子迎上那位肩上点缀着樱桃的女子，她握着他们的手。另一位女子由一位年轻男子接着，他们开心地看着对方，然后肩并肩走了。

离近些看，那两个女人一点都不像月兰。"别着急，姨妈，"外甥女说，"我能认出她来。"

"我也能认出来，我可比你早认识她。"

外甥女没吭声，虽然她五年前刚见过母亲。她姨妈嘴上从来不让人。

最后，英兰的孩子们不再游来荡去，而是没精打采地趴在栏杆上。谁知道他们在想什么？最后外甥女叫起来："我看见她了！我看见她了！妈！妈！"只要门一开，她就叫，很可能让她的美国表姐表弟都不好意思了，可她不在乎。她喊着："妈妈！妈妈！"直到滑动门的门缝窄得传不进她的声音才住口。用大人的声音喊"妈妈！"多奇怪啊！很多人转过头来，看到底是哪个成年人像孩子一样喊"妈妈！"。英兰看到一个很老很老的老太太猛然抬起头，一双小眼睛困惑地眨巴着，那是个每当听到有人喊"妈妈"就神经一震的女人，随后她又放松下来，忙自己的事去了。那是一个极小极小的老太太，十分瘦小，一双手颤颤巍巍，头上绾着花白的发髻。她穿一身灰色羊毛套装，脖子上戴一条珍珠项链，耳朵上戴着一对珍珠耳坠。月兰就会这样，出门把首饰露在外面。有那么一会儿，英兰看到一个更高大更年轻的轮廓笼罩在这个老太太身上，那是她一直在等待的妹妹。熟悉的淡淡光晕消失了，只剩下一个那么老迈、头发那么花白的老太太。好老啊。英兰紧贴着玻璃。那个老太太？是啊，面对着海关鬼的那个人正是她妹妹，鬼佬正在给她的文件盖章，没有问她问题。此时，月兰还没有看到她的家人，她正微笑着走向行李检查鬼。那鬼打开她的箱子盒子，搜出一团团包装用的绵纸。英兰站在那里，看不清妹妹漂洋过海带来的是什么礼物。她希望妹妹朝她这边望一眼。英兰想，要是她进入一个新的国家，就会看看玻璃窗那边有没有人等她，而月兰却在忙活着打开盒子，看到自己的每件东西都是一副惊喜的表情，仿佛在生日聚会之后拆礼物。

"妈妈！"月兰的女儿不停地喊。英兰对自己的孩子说："你们俩干吗不一起喊姨妈？你们一起喊，说不定她就听见了。"可她的两个孩子却溜到一边，脸上是经常挂着的那副害羞的表情，大概这就是美国式的教养吧。

"妈妈！"月兰的女儿又喊了一声，这一次她妈妈终于向她看过来。她丢下那堆大包小包，朝她奔过来。"嘿！"海关鬼冲她大吼一声，她又返回去收拾那一大堆东西，不停地对女儿说着听不清的话。女儿指了指英兰。最后，月兰终于向她看过来——两个老太太的脸简直如同照镜子一样相似。

她俩都伸出手，仿佛要摸摸对方的脸，却又抽回手摸着自己的脸，手指摸索着额头嘴角的条条沟壑。月兰从不知沉重为何物，先是微笑，继而指着英兰大笑起来。最后月兰收拾起那堆行李，系盒子的绳耷拉着，证件散乱着。在门口见到了姐姐，她们握着手摇晃着，全然意识不到挡了别人的路。

"你都成老太太啦！"英兰说。

"唉，你才成了老太太呢！"

"可你真是老啦，真的，你可不能说我老，我没有你那么老。"

"可你确实是老啦，你比我还大一岁呢。"

"你的头发都白了，还满脸皱纹。"

"你太瘦啦。"

"你太胖啦。"

"女人胖比瘦好看。"

孩子们把她俩从门口拉开。英兰的一个孩子把车从停车场开过来，其他人把行李搬进后备厢。他们安排两位老太太和外甥女坐在后排。然后一路开回家——穿过海湾大桥，越过迪亚波罗丘陵，越过圣华金河到达峡谷，黄昏时分，峡谷中的月亮分外皎洁。一路上，姐妹俩每次转头四目凝视，都要感叹："唉，老成什么样啦！"

英兰忘了自己晕车，除了坐轿子，所有交通工具她都晕。"你真老啊，"她不停地说，"你怎么会这么老呢？"

英兰满眼是泪。可月兰却说："你比我还老呢。你确实比我老。"说着她又笑起来。"你是戴了副老太太面具逗我的吧。"英兰不禁吃惊，过了三十年，妹妹这股傻气还是惹她烦。

英兰的丈夫在橘树下等她们。月兰认出他是照片中的那位姐夫，但已经不是当年乘船离家的那个年轻人了。她姐姐嫁了个理想的美男子，脸庞消瘦，手指修长，一副清瘦书生的模样。而如今他已是垂垂老者。他打开自己亲手修建的大门，一头银发在夜色中飘荡。他像香港的英国人那样说："你好。""你好。"她的声音像香港的英国接线员。他走过去帮孩子从车上往下搬行李，骨瘦如柴的手指抓着皮箱的提手，干瘦的手腕动作僵硬。

英兰的丈夫和孩子把所有东西都搬进餐厅，地板上、家具上堆满足够吃一辈子的食物。英兰想办个祈福仪式，然后再把东西放到该放的地方。可月兰说："我给大家带了礼物，等我拿出来。"她又一次打开箱子盒子，几只皮箱张开大嘴；英兰最好快点举行她的仪式。

"首先，爱兰让我给你们所有人捎了鞋子。"说着，月兰把一双双鞋递给外甥、外甥女，他们相互做着鬼脸。爱兰是最小的姨妈，在香港开了家鞋店还是鞋厂，正是因此，她每年圣诞节都要寄十几双鞋给他们。那些鞋花里胡哨，装饰着亮闪闪的或黄或粉的塑料珠子、金属亮片、碧蓝色的花朵。"她送我们的准是些货底子。"英兰的孩子们用英语说。英兰正跑前跑后把大大小小的灯都打开，听到这话，她狠狠斜了他们一眼。等哪天他们只能光着脚在雪地里或乱石路上走，就知道后悔了，谁让他们有鞋不要，哪怕号码不对呢。冬天的时候，她会把寄来的拖鞋放在浴缸旁边的地毯上，哄这些懒孩子穿上。

"有剪刀吗？对了，我的剪刀放哪儿了？"月兰说。她把一只黑色绣花拖鞋的鞋跟劈开，从里面拽出一团棉花——那里面缠着几件首饰。"你们得让我给你们扎耳朵眼。"她边对外甥女们说，边揉搓她们的耳垂，"那样你们就能戴这些东西了。"有一对耳坠，垂着形似金色波刃短剑的细签，另一个是心形玉坠，还有一个是猫眼石的。月兰跑来跑去，要把宝石往英兰身上比画，被她拦住了。

月兰开心地嘻嘻笑着。"瞧，瞧这个。"说着，她举起一枚剪纸的武圣人，做工精美而轻盈。竟然有人能把几张薄薄的黑纸剪成一位英雄，双袖如蝴蝶的翅膀，还有丝绦和旗子，吹口气便飒飒抖动。"这真是手工剪出来的？"孩子们不停地问，"真的吗？"武圣人的眉毛胡须，双眼间凌厉的川字纹，整个一张脸宛如黑色的蛛网。他张开的双手的指头都是一根根剪出来的。透过剪纸的缝隙，你能看到光、屋子，还有屋里的人。"哦，还有，还有呢。"月兰欢快地说着，又拿起一幅剪纸，吹了一口气，是一位执扇的书生，扇子上的蓝色羽毛被她吹得摇晃起来。书生的毛笔、鸟翎和系着丝带的卷轴从饰有花边的花瓶中探出来。"还有好多呢"——一位橘黄色的儒将，身佩宝剑，手中执卷；一位身着鳞状盔甲的紫色武士，鳞都剪成小孔；一位英俊的弓箭手，胯下一匹鬃如火焰的红马；一位现代的工人，手中自豪地挥舞金锤；一位年轻的女兵，扎着粉红色小辫儿，手握粉红色步枪。"这一个是花木兰，"她说，"她是位巾帼英雄，历史上确有其人。"花木兰是绿纸剪的，十分漂亮。她正拔剑出鞘，战袍飞旋展开。

"纸娃娃，"英兰对孩子们说，"我还以为你们都这么大了，不玩纸娃娃了呢。"当着送礼人的面就玩起来，真没出息。她的孩子都太不成体统了。她挥起剁肉刀，啪地一拍，把一大块冰糖拍成碎块。"吃点儿，"她催促道，"多吃点儿。"她用一只红色纸盘端着黄色的冰糖，挨个递到家人面前。开头甜很重要。她的孩子似乎觉得这一套很麻烦。"哦，好吧。"他们不情愿地说着，挑最小的糖拿。谁能想到孩子会不喜欢吃糖？真是反常，不符合孩子的天性，甚至不符合人性。"拿块大的！"她呵斥道。必要的话，她会像逼他们吃药一样逼他们把糖吃掉。他们真蠢，看来还是没成人。姨妈第一天到美国，他们就说些不吉利的话，你得甜甜他们这些吵吵嚷嚷、野蛮无礼的嘴。她打开前门，念叨了些什么，接着再打开后门，又念叨了些什么。

"你开门说了些啥呀？"孩子们小的时候常这样问。

"没啥，没啥。"她这样回答。

"妈，是不是神灵？你在和神灵说话吗？你是请他们进来，还是请他们出去？"

"没什么。"她说。真正要紧的事，她是从来不解释的，他们也就不再追问了。

在冲某些看不见摸不着的东西说了番话之后，英兰回来，发现妹妹把东西摆得满屋都是。那些剪纸小人儿铺在灯罩上，摆在椅子上、桌布上。月兰把没有合起的折扇和用纸叠的身体像手风琴一般的龙挂在门把手上。这会儿她又在展开一块白色丝绸。"男人擅长绣公鸡。"她指着那幅刺绣的鸡说。一个人长这么大还没学会收拾东西，真是怪哉。

"咱们把这些东西收起来吧。"英兰说。

"哎，姐，瞧我给你带了什么。"月兰说着，举起一条带羊毛衬里的淡绿色丝绸旗袍。"穿上它，你冬天看起来跟夏天一样清爽，也跟夏天一样暖和。"她解开衣服上的盘扣，让姐姐看像毛呢毯子一样厚的衬里。

"这么花哨的衣服，我哪穿得出去啊？"英兰说，"给哪个孩子吧。"

"我已经送给她们镯子和耳坠了。"

"她们太小，不适合戴首饰，会弄丢的。"

"我看不小，都是大孩子了。"

"女孩子们打棒球已经打碎六个玉镯子了。她们还怕疼，给她们戴个玉镯就吱哇乱叫，然后当天就弄碎了。我们把这些珠宝存在银行里，再买几个黑檀木玻璃框把这些绫裱的字画镶起来。"她把那些展开的花卉卷轴卷起系好。"漂洋过海的，你带这些东西干啥？"

英兰把那些有用的、实在的东西放进后面的卧室，在月兰做出最终决定之前，先让她在那里住着。月兰捡着地上的细绳，可老是被屋里的动静和鲜艳的色彩所吸引。"啊，瞧这个，"她说，"你瞧，你们还养金鱼呢。"她把金鱼缸的灯开了又关，关了又开。那鱼缸放在一张有活动盖板的办公桌上，桌子是二战期间英兰的丈夫从一家歇业的赌场里搬回来的。月兰抬头看见办公桌上方的墙上挂着祖父母的相片。她转身看对面的墙，见上面挂着英兰和她丈夫的照片，尺寸与祖父母的照片一样大。他们把自己的像也挂上，是担心百年之后孩子们不会想到该挂他们的像。

"喂，你看，"月兰说，"你们的像也挂上去了。为什么呀？"

"不为什么。"英兰说，"在美国，你愿挂谁的像就挂谁的像。"

活动盖板办公桌上的架子就像祖父母照片下的壁炉台，上面摆着碗，碗里盛着塑料橘子、橙子，还有皱纹纸做的花，塑料花瓶，装着沙子的瓷花瓶，上面插着香。一台座钟放在一条白色桌旗上，桌旗上有钩针钩的红凤凰，还有红色的吉祥话。月兰掀起桌旗的荷叶边，看下面的一个个小格子。里面有很多笔盒和小抽屉，足够每个孩子占一两个。鱼缸占了桌子的一半，可还是有写字的地方。盖板桌的盖板早已没有了，孩子们在桌子下面玩的时候，把盖板拉下来，盖板上的木条已经被他们一条条弄断了。桌下有一盒盒玩具，如今只有那些已经成家的孩子的孩子玩了。英兰的丈夫用挂锁把桌子下面的一只大橱和一只抽屉锁了。

"你干吗锁起来？"月兰问，"里面装的什么？"

"没什么，"他说，"没什么。"

英兰说："你要是想东瞅西看的话，干吗不去厨房看看抽屉里有什么？这样你还能帮我做做饭。"

她们做的菜足以摆满餐厅和厨房的桌子。"吃！"英兰命令道，"吃呀！"她不许家人吃饭的时候说话。有些家庭的孩子发明出一套手势语，而这家的孩子则是说英语，他们的父母似乎听不见英语。

吃过饭，收拾停当，英兰说："好了，咱们得谈正事了。"

"什么正事？"妹妹问。她和女儿手拉着手。

"噢，算了，我可不想听。"英兰的丈夫说着，起身离开，上床看书去了。

三个女人坐在宽大的厨房里，旁边是剁肉的菜板和两台冰箱。英兰家有两个炉灶，屋里的一个在厨房，屋外的一个在后门廊上。屋外那个炉灶上一天到晚都咕嘟咕嘟炖着瓜果皮、碎骨头之类的，熬成鸡食。有时候，孩子们见妈妈把鸡杂也扔进鸡食里，不禁瞠目结舌。到了晚上，两个炉灶都关上，空气渐渐凉爽下来。

"姨妈，等明早再说吧，"月兰的女儿说，"先让妈妈睡觉吧。"

"是啊，大老远从中国飞过来，我确实得好好歇歇。"她说，"我来了，你总算大功告成，把我办过来了。"月兰的意思是，事到如今，她们也该知足了。她舒畅地伸伸懒腰，确实，这一刻，她坐在厨房里，样子十分满足。"我想早点睡，好倒倒时差。"她说。但是英兰从来没有坐过飞机，不放过她。

"咱们怎么对付你丈夫？"英兰开门见山，这样会让月兰打起精神来。

"不知道，咱们需要对付他吗？"

"他还不知道你来呢。"

月兰没作声。三十年来，她一直收到他从美国寄的钱，但从来没有对他说过自己想来美国。她等着他先开口，可他从不提这个茬。她也没告诉他，她姐姐一直在想办法，想把她接过来。英兰先是给月兰的女儿找了一个美籍华裔的丈夫，后来外甥女过来了，这样就可以签署文件把月兰也接过来。

"咱们得告诉他，你已经来了。"英兰说。

月兰像孩子一样瞪大双眼。"我不该来这里。"她说。

"胡说，我想让你来，你女儿也想让你来。"

"这样不就行了吗？"

"得让你丈夫见你。我们要让他认你。哈，到时候看看他那副表情，那才有意思哩！你要去他家。等他小老婆给你开门，你就说：'我要找我丈夫说话。'你要提他的小名。'告诉他我在客厅等他。'你要骄傲地从她身边走过去，就当她是个仆人。等他下班回家，她就会训他一顿，那他也活该。你也要冲他大喊大叫。"

"我害怕，"月兰说，"我想回香港。"

"回不去，太晚啦。你都把房子卖了。你听着，我们知道他住在哪儿，他和小老婆住在洛杉矶，有仨孩子。争回你的权利。那些孩子也是你的，他有俩儿子，也就是说，你有俩儿子。你要把他们从她身边领走，你就是他们的母亲。"

"你真的认为我能当那俩儿子的母亲？你不觉得，他们是她生的，会跟她亲？"

"孩子应该归嫡母，也就是你。"英兰说，"母子之间就该这样。"

"我没有告诉他就来了，你觉得他会不会生气啊？"

"他抛弃了你，抛弃了女儿，你生他的气才对。"

"他没有抛弃我，他给我好多钱呢。我想要的吃穿用度，还有仆人，什么都有。而且他也抚养女儿，虽说不过是个丫头，他还供她上大学。我不能麻烦他，我绝不能麻烦他。"

"你哪能这么轻易饶过他？麻烦他，麻烦他是应该的，他活该。他已经有了你，凭什么再娶别人？你怎么能平心静气地坐得住？他是打算让你老死在中国。是我想办法把你女儿接出来的，是我想办法把你接出来的。劝劝她。"她转头对外甥女说，"劝她去找他。"

"我觉得你应该去找我爸爸。"她说，"我想见见他，我想看看爸爸长什么样。"

"他长什么样重要吗？"她妈妈说，"你已经成年了，有丈夫，有孩子。你用不到爸爸，也用不到妈妈。你只是好奇罢了。"

"在这个国家，有很多人把女儿立为继承人。"英兰说，"你要是不去，他就会把所有财产都留给那个小老婆的孩子。"

"可他已经把一切都给我们了。我还能要什么呢？如果我和他当面对质，我能说什么呢？"

"我能想出几百件事可说。"英兰说，"哼，我要是你就好了，我会告诉他很多事，我会闹他个天翻地覆。你真是个软柿子。"

"是啊，我就是软柿子。"

"你得问他，你干吗不回家？为什么变成个洋人？他把爹妈丢在老家，你得让他难受才对。吓唬他。提着箱子长驱直入，直接搬进他的卧室。把他小老婆的东西从衣橱抽屉里扔出去，把你的放进去。你应该说：'我是正房，她就是我们的丫头。'"

"噢，不行，我可做不出来，根本不行。那太可怕了。"

"你当然得这么做。我教你说：'我是正房，她是我们的丫头。'你还要教那两个男孩叫你妈。"

"我觉得我管男孩不在行。美国男孩。我认识的唯一的男孩就是咱哥。他们是不是又粗野又冷漠？"

"没错，可他们是你的儿子。我要是你的话，还会做一件事，就是找个工作，帮他挣钱。让他瞧瞧，你能让他生活得更容易，你不需要他的钱。"

"他很有钱，是吧？"

"是，他干的工作，洋人很看重。"

"我能找那样的工作吗？我还从来没工作过呢？"

"你可以去宾馆当客房服务员，"英兰说，"现在很多移民一开始都是干这行。做服务员可以把客人落下的肥皂和衣服拿回家。"

"也就是说，我得跟在客人屁股后面打扫房间？"

英兰打量着这个纤弱的妹妹。这么单薄的小老太太，双手细瘦柔软，十指修长。她在香港生活多年，一口大城市上等人的腔调，离开家乡那么多年，一点乡下人的口音都没有了。可英兰并没有心软，她娇弱的妹妹必须坚强才行。"也有移民去罐头厂干活，那里很吵，说中文什么的也没关系。但是最好找的工作是在唐人街，要是在餐馆打工，一小时挣二十五美分，还管饭。"

要是英兰处在妹妹的位置，她会立即拨电话找份唐人街的工作。她会让老板同意，明早一开门就让她上班。如今的移民简直是土匪，殴打店主，偷东西，不好好干活。

月兰抬手揉着额头。厨房的灯光暖暖地照在她手上那些金的玉的戒指上，衬得那双手完美无瑕。其中一枚是婚戒。英兰结婚将近五十年了，但从来不戴戒指，那玩意儿干啥都碍事。她不想把金戒指泡在洗碗水、洗衣水、田里的水中，那样会褪色的。她看着妹妹的脸，那张脸上的皱纹都是细腻的。"先别想工作的事了，"她说，这样说是很宽容了，"你用不着工作，你就去你丈夫家争取你正房的权利。等见到他，你可以说：'还记得我吗？'"

"他要是不记得呢？"

"那就给他讲讲你们在中国共同生活的一些细节。就像算命先生一样，他会对你刮目相看。"

"你觉得他见到我会高兴吗？"

"他最好高兴。"

已是午夜时分，距月兰离开香港已经二十二小时，她终于说，她真的会去见她丈夫。"他不会喜欢我的。"

"也许你该把头发染黑，那样他就不会觉得你老了。我还有个假发套可以给你戴。可话又说回来，现在这样他才能看出你受了多少罪。对，让他看看，他让你把头都熬白了。"

几个小时中，月兰的女儿一直握着妈妈的一只手。母女俩分别已有五年。英兰把外甥女年轻时的照片寄给一个有钱但脾气暴躁的美籍华人。那人专横霸道。母女俩都为对方感到难过。"咱们别再谈这件事了，"月兰说，"明天再商量吧。我想听你说说我的外孙。给我讲讲吧。我有三个外孙，对吧？"她问女儿。

　　英兰觉得外甥女和她妈一样，是那类讨人喜欢但不中用的人。她花了那么长时间想让这两个人坚强起来。"妈妈，几个孩子都很聪明。"外甥女说，"老师夸他们优秀，英语和汉语都会说，他们可以和你聊天呢。"

　　"我的孩子们也能和你聊天，"英兰说，"快，跟你们的姨妈谈谈。"她命令道。

　　她的儿子女儿们嘟囔了两句便溜掉了——躲进卫生间、地下室以及家中各式各样可以藏身的角落。一个女儿把自己关进食品储藏室，收拾出一个架子当书桌，坐在食品中间看书。英兰的孩子都不爱交际，躲躲闪闪的。他们从小就喜欢给自己找个安乐窝，钻进壁橱里，躲在楼梯下，在桌子底下或门后头搭帐篷。"我的孩子也很聪明，"她说，"趁你还没睡，我领你看看。"她带妹妹到客厅，那里有个玻璃盒子，是个反扣的鱼缸，下面是她的儿女因为参加体育比赛和学习优秀赢得的奖杯。里面竟然还有个选美比赛的奖杯。她在奖杯下面铺着绣了吉祥话的桌旗。

　　"噢，天哪，真了不起！"月兰姨妈说，"你一定为他们骄傲吧？他们真聪明！"坐在客厅里的孩子们无奈地叹了口气，离开了。英兰不明白，为什么孩子们会为自己取得的成绩害臊呢。真难相信，他们到底怎么做出奖杯奖状上说的那些成绩的。说不定那些奖杯奖状是他们从真正的优胜者那里偷来的，或者是他们花钱买的，假装是自己得的。她得用这话激一激他们，看他们作何反应。也许他们欺骗了那些鬼老师鬼教练，那些人看不出聪明的华人和愚笨的华人之间的区别。她的孩子根本就不像有出息的样子。

她让几个孩子在地板上睡，把房间让给月兰和她女儿。月兰的女儿问英兰："妈妈住你家还是住我家？"

"她要和她自己的丈夫一起住。"英兰口气很坚决。明天早上她不会忘掉这个话题。

第二天，刚吃过早饭，英兰就谈起开车去洛杉矶的事。她们不会走那条海滨的山路，那是孩子们想走的，他们就喜欢开车找刺激。她要让他们走内陆的线路，平坦，还不绕远。

"首先，你要质问你丈夫，他有钱，可为什么从来不回国？"英兰说。

"好的。"月兰答道。她在屋子里东瞧瞧，西看看，把罐头盒举到耳边听听，跟着孩子们走来走去。

"他很可能有车，"英兰盯住不放，"他可以开车带你去各处逛逛。万一他赶你走，你就在临出门的时候转过头，说：'我能偶尔来看看电视吗？'噢，是不是挺可怜的？可他是不会赶你走的。是的，他不会。你径直走进卧室，打开小老婆的衣橱，想拿什么就拿什么。那样你就有整橱的美国式衣服了。"

"哦，我可不能这么干。"

"你能，你能！跟大嫂学学。"他们唯一的哥哥在村里娶了媳妇，但他到新加坡淘金发了财，又娶了一房媳妇。大老婆在老家受了不少罪，便给丈夫写信："我在老家受苦，你却在新加坡寻欢作乐。"小老婆很同情她，提醒丈夫他有责任把她接过来，免得追悔莫及。小老婆省吃俭用，替她攒路费，帮她跑材料填表格。可是等大老婆一到，就把小老婆扫地出门。无奈，做丈夫的只得盖了一所别院，两个老婆带自己的孩子各住一处。但他们每年也聚一次，照一张全家福。他们儿子的大小老婆也在照片中，大老婆们和丈夫站在一起，小老婆们和孩子们站在一起。"学学咱嫂子，"英兰指点道，"让小老婆度日如年，她就会主动离开。他会给她另建一所房子。"

"她要是留下呢，我也不介意。"月兰说，"她可以帮我梳头，收拾房间。她可以伺候我们吃饭，刷锅洗碗。她还可以照料男孩子。"月兰嘿嘿笑起来。英兰又一次想到，她这个妹妹真是不怎么聪明，三十年过去，没一点长进。

"你必须一开始就向你丈夫摆明你要他做什么。这是妻子的职责，教训丈夫，让他学好。告诉他绝不许再娶小老婆。告诉他你想什么时候去就什么时候去。还有我，是你大姐，想在你家住多久就住多久。跟他讲明你想要多少生活费。"

"如今我在这里，该多要还是少要？"

"当然是多要了。这里吃饭更贵。告诉他，你们的女儿是长女，必须继承他的家业。这些事开头就得敲死。不要一上来就服软。"

有时候月兰未免表现得太事不关己，仿佛姐姐只是在讲故事。"这些年你见过他吗？"她问英兰。

"没有，上次见他还是在中国——还和你在一起。这人竟然不接你出来，多可怕，多可恨啊。我敢说，他准是指望你收到钱就知足了。这人心肠真坏，害你守了三十年活寡。好在他还没有让小老婆给你写信，说他已经死了。"

"哦，不会的，他不会那么做的。"

"当然了，他也怕咒自己。"

"可他要是这么可恨，这么卑鄙，可能我不该去找他的麻烦吧。"

"我还记得他，"她女儿说，"他给我写过信，很感人。"

"你怎么会记得他，"她妈妈说，"他走的时候你还在襁褓中呢。他从不写信，只寄汇款单。"

月兰希望姐姐就这样说啊说，一直说到夏天过去，那样英兰就会觉得秋天太冷，不宜出远门。英兰不喜欢出门，这次去了趟旧金山，晕车的恶心劲还没有过去。孩子们回家过暑假，月兰想搞清楚哪个是哪个。英兰在家信中写到过他们，月兰想把信中描述的和真人对上号。确实有个心不在焉、邋里邋遢的大女儿，取了个美国名字，听起来像是汉语里的"墨水"。月兰叫了声："墨水！"果不其然，一个墨水抹得满脸花的女孩应道："嗯？"以前，英兰担心有个女儿长着福薄之相；不错，确实有个女孩上唇微翘，像碧姬·芭铎一样。月兰揉着这个外甥女的双手和冰凉的脚丫。英兰还说过，有个儿子头大无脑。她在信中写道，当他还是小娃娃的时候，因为脑袋太沉，

145

爬着爬着，脑袋便耷拉到地板上。月兰果然看到一个脑袋很大的男孩，而一头蓬松的卷发使那颗大脑袋愈显得大，一对浓密的剑眉如同戏中的武将般斜插入鬓。月兰看不出他是不是比别的孩子迟钝。这些孩子没有一个爱说话，没有一个态度热情。英兰写到过一个有怪癖的男孩，喜欢把铅笔头插到耳朵里。月兰溜到每个男孩身后，掀起头发找铅笔头。"他像蝙蝠那样倒挂在家具上，"他妈妈写道，"还不听话。"月兰没有发现哪个男孩像蝙蝠，也没找到铅笔头，便断定那个男孩准是去越南了。那个长着圆脸盘圆眼睛的外甥是"难以逾越的峭壁"。她一打眼便认出最小的女孩，人称"咆哮鬼"。"别老跟在我屁股后面转悠！"她冲姨妈吼道，"别搂我脖子！"

"你在干什么呢？"月兰会问，"你看什么书啊？"

"没看什么！"那个女孩会吼道，"你的气都吹到我脖子上了，别冲我喘气！"

月兰花了好几个星期才搞明白到底有几个孩子，因为有的孩子只是回来看看，不在家里住。有的孩子似乎已经成家，有自己的孩子。她断定，那些根本不会说汉语的小娃娃是孙子辈的。

与英兰那两个夭折的真正的中国孩子不同，这些孩子都不开心。可能问题出在没有长子长女来指导他们吧。"我不明白这些孩子哪个能够自立，"英兰说，"我看不出谁会愿意和他们结婚。"但是月兰注意到，有些孩子已经有丈夫或妻子，而那些人似乎觉得英兰的孩子尚可忍受。

"他们永远学不会怎么干活。"英兰抱怨道。

"他们可能还贪玩吧。"月兰说，可看他们的样子又不顽皮。

"问姨妈早。"英兰命令道，虽然有的孩子早已成年。"问姨妈早。"她每天早上都要下命令。

"早上好，姨妈。"他们转过头，直盯着她的脸说道。就连女孩也盯着她看，跟猫头鹰似的。每次他们这样做，月兰都会吓一跳，不自在地扭捏着。他们直盯着她的眼睛，仿佛在看她是不是在撒谎。野蛮。责备的眼神。他们从不会垂下眼睛，甚至都不眨眼。

"为什么不教女孩们文静点？"她冒昧地问。

"文静！"英兰吼道，"她们够文静啦，文静得连话都不说。"

确实，孩子们几乎不交谈。月兰想逗他们说话，他们既然在这样的蛮荒之地长大，准有很多好玩而野蛮的事可讲。他们举止粗鲁，说话口音也不大像美国人，而是像他们的妈妈，像从偏远村庄来的乡巴佬。她从没见女孩们穿她送的长裙。那个脾气暴躁的小女孩，连说梦话都喊："离我远点！"有时候，女孩子看书或看电视，她会拿着梳子悄悄走到她们身后，想给她们拢拢头发，可她们一甩头闪开，转过脸直瞪瞪地看她。她纳闷，她们那样盯着她，到底在想什么，到底看到了什么。她喜欢从身后靠近她们，好避开那种眼神。她们直盯盯看人的样子，真像野兽。

她在看书的孩子身边转悠，指着书上的一些字。"这是什么？"她点着书上画线或做注释的地方。如果那孩子有耐心，便会说："这段是重点。"

"为什么是重点？"

"因为讲到中心思想。"

"中心思想是什么？"

"我不知道用汉语怎么说。"

"他们真聪明，"月兰会赞叹说，"他们太聪明了。他们连不会用汉语说的东西都懂得，真了不起！"

"谢谢。"那孩子说。她夸奖他们，他们竟然接受了！她从来没有听到一个孩子婉拒人家的夸奖。

"你真漂亮。"她说。

"谢谢你，姨妈。"她们这样回答。真自负。她们自负得令她惊讶。

"你们把收音机调得好听极了。"她逗他们。果然，他们面面相觑，摸不着头脑。她试着用各种说法夸奖他们，而他们从来不会说："哦，哪里，您太客气了。我根本不会。我很笨。我很丑。"这些孩子很能干，连下人干的活儿也干得了，可就是不谦虚。

"几点了？"她问，想试探一下这些在远离文明的环境中长大的孩子脑子好不好使。她发现他们每次都能准确地告诉她时间。而且他们也会用汉语说"温度计"和"图书馆"。

她看他们吃没有煎熟的肉。他们身上有股奶味。起先她以为他们笨手笨脚，把牛奶洒在了衣服上，不久就发现他们身上就是有股奶味。他们都那么大了，还乳臭未干；可年纪轻轻，头发却是白的。

当英兰冲他们吼，叫他们打扮得像样点时，月兰就护着他们，这些可爱的小野兽。"可他们就喜欢打扮成毛茸茸的野兽，是不是这样？你喜欢看起来像野兽，是不是？"

"我才不像野兽！"那孩子会像他妈妈那样吼。

"那就是像印第安人，对吧？"

"不是！"

月兰抚摸他们可怜的白头发。她拽拽他们的袖子，戳戳他们的肩膀和肚子，似乎在试探怎样才能惹恼这些小蛮子。

"别戳我！"他们会吼，只有那个手脚冰凉的女孩不吼。

"嗯，"她思忖着，"这孩子现在说，'别戳我。'"

英兰指派妹妹干活：洗涮、缝补、做饭。月兰很愿意干活，既然来到这蛮荒之地，就得不怕吃苦。可英兰总是训斥她："你就不能麻利点儿？"一看月兰拿盘子都翘着兰花指，洗洁精在盘子正面喷了反面喷，开着水龙头却不知道把水槽的下水口堵上，英兰就气不打一处来。英兰训她，她也只是嘿嘿一笑。"算了，别刷碗了。给，把这条裙子的边缝好。"可不大一会儿，月兰就把线缠得一团糟，于是又嘿嘿一笑。

英兰和丈夫早上六点钟起床，丈夫喝杯咖啡后步行进城，到洗衣店开门。英兰给值上午班的孩子做早饭，上暑期学校的孩子值下午班和晚班。她把丈夫的饭装进在唐人街买的饭盒里，一层装一个菜。有时候英兰自己把饭拎过去，有时候让孩子捎去。但是孩子们骑自行车去，一边车把挂菜和汤，一边挂盛米饭的小锅，一路颠簸，总是把汤洒出来。他们太懒，不肯走着去。如今妹妹和外甥女来做客，英兰就晚点去洗衣店。"记得把饭菜热热再给你爸吃，"英兰在他们身后喊，"早饭后给你爸煮杯咖啡。吃完饭刷碗啊！"他和爸爸一起吃，然后开始干活。

她带妹妹和外甥女去洗衣店，路上经过唐人街。英兰指着一幢红、绿、金三色的建筑给她们看，那是一所中文学校，从街上就能听见孩子们在朗读课文《我是中国人》。在一所同乡会馆前面，一个识字的人正高声读着贴在窗户上的《金山新闻》。听众们看着报纸上的照片，发出"哎呀""哎呀"的叹息声。

"这就是美国呀。"月兰说，"看起来确实和中国不一样。可看到美国人和我们说一样的话，我真高兴。"

月兰的糊涂又一次让英兰吃惊不已。"这些人哪是美国人，是华侨。"

等她们到达洗衣店的时候，锅炉已经烧得滚开，发出嘶嘶的尖啸声，机器也准备停当。"这些机器不能摸也不能靠，"英兰告诫妹妹，"不然能把你烫掉一层皮。"在几台熨衣机之间有一台熨袖机，看起来像一对银色的宇宙飞船。英兰的丈夫在衬衣两肩之间挥手一劈，便将衣袖套在机器上。"你可千万别倒退到那机器上去。"英兰说。

"你先干点简单的活儿吧。"她说。可是月兰身穿笔挺的套装和长筒丝袜，脚上是一双时装鞋，好像哪个活儿对她而言都挺难。熨衣机上的按钮对她来说太复杂，她不知道按哪个好——要是不小心把手或脑袋夹到机器里怎么办？这会儿她已经玩起了喷水器，那东西从天花板上垂下来，装有弹簧，晃晃悠悠的。英兰断定她会叠毛巾，叠手帕，但到下午才会有洗净烘干的衣物可叠。此时洗衣店里的温度已经升上来了。

"你会熨衣服吗？"英兰问。也许妹妹可以把机器熨过的衬衣再用手工熨一熨边边角角。这活儿通常是英兰的丈夫干，他的手指优雅灵巧，叠衣服很在行，总能把衬衣服服帖帖地叠在衬板上。那些衬板也是他亲手剪的，用的纸都是些竞选海报、拳击海报、摔跤海报什么的。每件衬衣叠好后，他都用一条蓝丝带系好。

"哦，我愿意试试。"月兰说。英兰把丈夫的衬衣拿来给她练手。她给月兰看，家里人的衣服上都标着一个"中"字，一个方框，中间一道竖杠。月兰把这第一件衬衣又抻又拽，折腾了半个小时，叠起来还是七扭八歪，扣子扣眼也完全错位。她的熨衣板紧挨着开票台，顾客来了她也不知道打招呼，只会咯咯傻笑，还把熨斗搁在衬衣上，把衣服烤黄了，只得用双氧水漂白。过了一阵，她说太热了，喘不过气来。

"出去走走吧！"英兰气呼呼地说。那些活儿连孩子都会干。家里的男孩女孩都会缝补衣服。洗衣店的橱窗上写着"免费缝补钉扣"。所有的机器，孩子们都会操作，在他们还是小不点儿，需要踩着苹果箱子才能够到机器的时候，就已经会了。

"哦，我自己一个人哪能逛金山啊！"月兰说。

"那你走着回唐人街吧。"英兰提议。

"噢，陪我一起去吧，求你了。"月兰恳求道。

"我还得干活呢。"她姐姐说。英兰搬了一只苹果箱放到洗衣店外面的人行道上。"你坐在这儿凉快着，等我抽空出来陪你。"她用一根铁摇柄钩住旋钮，转动摇柄便可以撑开遮阳棚。"一直转，转到阴凉遮到那个箱子为止。"月兰又花了半个小时才撑开遮阳棚，每转一下她便歇一歇，摇柄就挂在上面。

正午时分，洗衣店里的温度升到华氏一百一十一度，英兰来到店外的人行道上，说："咱们吃饭去。"她把早上的剩饭在洗衣店后面的小炉子上热了热。洗衣店后面还有间小卧室，要是哪天晚上打包衣服太累，不愿走回家的话，就住在这里。那时候五六个人挤在一张床上，还有人睡在熨衣台上，小孩就睡在放衣服的架子上。橱窗和门上的百叶窗拉下来，洗衣店摇身变为一个舒服的新家，几乎不受夜间行人的脚步声、来往的车声和城市噪音所干扰。锅炉也休息了，没人知道他们一家在洗衣店里睡觉。孩子们生病不上学的时候，也睡在那间卧室里，这样英兰就能随时照看他们。孩子们说锅炉一蹿一蹿地跳着，突突冒着蒸汽，炉下轰轰喷出火焰，与他们发烧时的噩梦很相配。

午饭过后，英兰问丈夫，他和孩子能不能应付得了洗衣店的活儿，她想带月兰出去玩玩。丈夫说，今天的活儿特别少。

姐妹俩走回唐人街。"咱们再去吃点东西。"英兰说。月兰跟她走进一幢灰色的房子，房子里有宽敞的店面，头顶上的风扇徐徐送着凉风，脚下的水泥地面也十分凉爽。女人们围坐在圆桌边，边谈天说地，边吃黑色的海藻凉粉。她们往颤巍巍的黑色食物上倒上稀释的枫糖浆。英兰让月兰坐下，很夸张地向众人介绍："这是我妹妹，她是来金山夺回丈夫的。"好几个女人与她们是同乡，另外几个已经在加州同住多年，差不多也算老乡了。

"太棒了，你该好好敲他一笔。"女人们为她出谋划策，"他要是不让你进家门，你就让他坐牢。"

"装扮成一位神秘女郎，查查他的底细，看他到底多差劲。"

"你得把男人好好揍一顿才行，就得这么办。"

她们这是拿她开玩笑。月兰微笑着，也想开个玩笑。大块头的老板娘腰间扎着屠夫的围裙，又从厨房拖出几桶黑色的凉粉。她抽着烟，站在桌边看客人吃。这里好凉快啊，黑色的、淡黄色的、棕色的凉粉，凉爽诱人。店门开向街道，往来行人都是华人，只是窗户上垂着威尼斯式软百叶窗，将阳光裁成细条，仿佛人人都在躲藏。上菜的间歇，女人们往椅子上一靠，摇着绢扇、纸扇、檀香扇或蒲扇，就像中国那些无所事事的阔太太。

"开局吧。"老板娘收拾着桌子说。原来女人们不过是打麻将中途休息。她们伸开戴着戒指的手，稀里哗啦地洗着象牙麻将牌，准备开始下一局。"该走了。"英兰说着，领妹妹往外走，"来到美国，可以趁机忘掉在中国养成的坏习惯。有一天，你从牌桌上站起身，会发现一辈子都完了。"此时赌博的女人们已经杀将起来，只冲姐妹俩喊了声再会。

她们走过菜市、鱼市和肉市——商品种类不如广东丰富，鲤鱼没那么红艳，乌龟也不算大——进入烟店。英兰在妹妹消瘦的手中塞满萝卜糖、糖瓜和牛肉干。店面很长，买卖是在店的一头进行，两边靠墙摆着几条板凳，成排的男人坐在那里抽烟。几个男人停下口中咕噜咕噜吸着的竹制或银制的水烟袋，跟姐妹俩打招呼。月兰记起他们中不少人是同村的老乡。模样像头骆驼的烟店老板向她表示欢迎。英兰的孩子们小的时候以为他是"北方老人"，也就是圣诞老人。

回洗衣店的路上，英兰指给妹妹看在哪儿买日用杂货，如何避开贫民窟。"要是哪天觉得不踏实，就绕着走。但要是觉得身强力壮，从里面直接穿过去也不碍事。"身体不壮实的时候，你会注意到人行道上总有人晃来晃去，那就是被讨饭鬼和劫道鬼给盯上了。

下午最热的时候，正是英兰夫妇和孩子们干活最辛苦的时候，所有机器都在嘶嘶尖啸，铿铿作响。英兰终于教会妹妹怎么叠毛巾。她安顿妹妹坐在电扇风力最大的台子边，可最后还是打发一个孩子送她回家了。

从那之后，月兰只在下午毛巾从烘干机里出来之后才来洗衣店。英兰的丈夫只好用硬纸板给她剪出一个模板，好让她比着叠毛巾，只有这样她才能叠得形状一致。他给了她一个叠衬衣的衬板，让她量毛巾。她干活的速度从来没有比第一天进步。

她们经常谈到去找月兰的丈夫，谈着谈着，夏天就过去了。月兰觉得自己叠毛巾成绩斐然。晚上的时候，她观察孩子们，想弄明白他们在干什么。她念念有词地描述他们的动作。"现在他们又在学习。他们看了好多书。是因为要学的东西太多呢，还是因为他们不想当蛮子呢？他现在拿起铅笔，敲着桌子。然后他打开书，翻到一百六十八页。他的眼睛开始读起来。他的眼睛转过来，转过去，从左到右，从左到右。"她觉得这很好笑。"真是妙啊，眼睛前前后后地读。现在他正把想法写下来。这是什么想法呢？"她指着问。

她跟在外甥、外甥女身后转来转去。她俯下身看他们。"现在她从架子上拿下一台机器，把两副金属腿儿安在上面。她插上电源线。她把一颗鸡蛋在碗沿上磕开，将蛋黄蛋白从蛋壳中倒进碗里。她按下一个按钮，金属腿儿在鸡蛋中飞速旋转。你在做什么呢？"

"姨妈，请不要把手指插到蛋糊里。"

"她说：'姨妈，请不要把手指插到蛋糊里。'"月兰重复着外甥女的话，转身跟另一个外甥女走出厨房。"这个孩子在做什么？哦，她在缝裙子，她要试试这一件。"孩子们穿衣服的时候，月兰会径直走进她们的房间。"现在她准是在翻找衣服，看看穿哪件好。"月兰拎出一条连衣裙。"这件好看，"她建议道，"瞧，多鲜艳。"

"不行，姨妈，这是参加聚会穿的。我现在要去上学。"

"噢，她现在要去上学，她要挑一条朴素的蓝裙子穿。她拿着梳子、牙刷和鞋，她要把自己关进卫生间里去。这里的人都在卫生间里穿衣服。"她把耳朵贴在卫生间的门上。"她正在刷牙。现在她要从卫生间出来了。她穿着那条蓝裙子和白T恤。她正在梳头洗脸。她往冰箱里看，正往面包片里夹东西。她把一只橙子和几片饼干装进袋子里。今天她带的是绿书和蓝书。还有写字板和铅笔——你带词典吗？"月兰问。

"不带。"那孩子翻翻眼珠，重重地吁了口气。"我们学校里有词典。"临出门时她补了一句。

"她们学校有词典。"月兰说，思量着这句话。"她还知道'词典'

哪。"月兰站在窗口偷看。"现在她关上大门，像英国人一样昂首阔步地走了。"

一个外甥女的丈夫不会汉语，她便把月兰的话翻译给他听。"她正在说我从架子上拿下一台机器，把两副金属腿儿安在上面。她说金属腿儿迅速旋转，在用电力打鸡蛋。现在她说我正在冰箱里找东西——啊哈！——我找到了。我拿出黄油——她管这叫'牛油'。她说：'他们吃很多牛油。'"

"她快把我逼疯了！"孩子们彼此间用英语说。

在洗衣房，月兰紧挨着滚烫的熨衣机，简直让别人没地方站脚。"现在双手食指一齐按下两个按钮，咯喠喠——熨衣机落下来。但是用一个指头按一个按钮，熨衣机就会抬起来。嘶嘶嘶——蒸汽冒出来。嗞嗞嗞——水喷出来。"她描述得那么形象，你还以为她真会操作那台机器呢。但她在洗衣店里不像在家里那样让人受不了。她不耐热，一会儿就得到外面去，坐在人行道边的苹果箱上。孩子们小时候也坐在那里休息，把苹果箱、橙子箱排成一排，假装那些是房子、商店和图书馆。过路人和顾客会给他们钱。如今他们大了，就在店里休息，或去散会儿步。他们不好意思再坐在路边，人家会误以为他们是乞丐。从前那些洋人递给他们硬币之前会说："给我跳个舞，唱个中国歌。"他们小时候不懂事，就会又唱又跳。而月兰一个人坐在路边。

每当英兰想起那件事，实际上她天天想到，就会问："你想好了吗，是不是该去找你丈夫，把你应得的东西争回来？"

"今天不行，但是很快就会去的。"月兰总是推托。

可是盛夏的一天，月兰的女儿说："我得回家了。我答应过丈夫和孩子，说只出门待几个星期。这星期我该回去了。"月兰的女儿住在洛杉矶。

"好！"英兰叫道，"我们一起去洛杉矶，你回你丈夫那儿，你妈回她丈夫那儿。这样我们就能一趟搞定。"

"你们还是别去折腾那个可怜人了，"英兰的丈夫说，"别把他扯进这些妇道人家的烂事里。"

"你爸在中国的时候，从来不吃饼，"英兰对孩子说，"他说女人揉面把指头缝里的泥也揉进去了，他可不想吃女人手上的泥。"

"可是，和你们在一起，和孩子们在一起，我很开心啊。"月兰说，"我想看看这个女孩到底要缝件什么衣服，我想等你儿子从越南战场回来，我想看这个孩子能不能得个好成绩。还有很多事可干呢。"

"我们星期五走，"英兰说，"我护送你去，会平安送你到家的。"

星期五，英兰穿上她那套一年穿不了几次的讲究衣服。月兰穿的和平时一样，依然打扮得干净整齐。英兰告诉大儿子，还得由他开车。他把车开出来，两位老太太和外甥女坐进后排。

天刚蒙蒙亮，他们就开车出发，穿过一片片葡萄林。那些葡萄树弯腰弓背，如同田野中的侏儒。侏儒们从地下钻出来，周身披拂的锯齿边缘的叶子在晨风中飞舞，一行行、一排排、迎面扑来。车上的人半睡半醒。英兰开口道："从前，皇帝有四位娘娘，按东、西、南、北方向住在四座宫殿里。西宫娘娘总想阴谋篡权，而东宫娘娘善良贤淑、光明磊落。你就是东宫娘娘。西宫娘娘把天下人的皇帝幽禁在她的西宫里。你这位善良的东宫娘娘要冲出黎明，攻陷她的宫殿，把皇帝解救出来。你必须破除她给他施的魔咒，让他重返东宫。”

在五百英里的路程中，英兰对妹妹说着最后的叮咛。月兰所有的东西都装在后备厢里。

“我们是一起去你家呢，还是你自己进去？”英兰问。

“你得跟我一起来，我不知道该说什么。”

“我倒觉得你自己去更有戏剧性。他一开门，竟然是你——带着所有行李，活生生地站在门廊。‘还记得我吗？’你直呼他的小名，问他，他会惊得晕过去。他可能会说：‘我不认识你，走开。’而你把他推到一边，昂然走进屋里，往上座上一坐，把鞋一脱，因为那是你的家。”

“你觉得他会欢迎我吗？”

“她真是没什么想象力。”英兰心想。

“在这个国家，娶两位老婆是犯法的。”月兰说，“我在报纸上看到的。”

“娶两位老婆很可能在新加坡也犯法，可咱哥就有俩老婆，他的几个儿子也都娶了俩老婆。法律管什么用。”

“我害怕。噢，咱还是回去吧，我不想见他。他要是把咱们轰出来怎么办？唉，他会这么干的。而且我不请自来，到这里给他惹麻烦，他也有权力把我轰出来。别把我一个人留下，你比我嗓门大。”

“行，和你一起去肯定挺刺激。我可以直接闯进去，问他：‘你老婆在哪儿？'他会说：'她不就在这儿吗？'我便说：'这不是你老婆，月兰在哪儿？我是来看她的。我是她大姐，我来看看你待她好不好。'然后我就指控他犯了谋杀罪，让人把他抓起来——你再跳出来营救他。或者我也可以看他老婆一眼，说：'月兰，你现在变得这么年轻啦？'他就会说：'这不是月兰。'这时候你就走进来，说：'她不是，我才是月兰。'如果他家里没人，我们就从窗户爬进去。等他们回来的时候，我们已经在他家里了。你是女主人，我是客人。你给我端上点心和咖啡。等他一进门，我就说：'啊，我看到你丈夫回来了，多谢你盛情款待。'你就说：'欢迎随时再来。'不要动武，该怎样就怎样。"

月兰有时候也会情绪高涨。"也许我该在他进门的时候叠毛巾，那样他就会觉得我很聪明。我要在他老婆伸手之前，就把毛巾拿过来。"可当他们在中部大峡谷越开越远——绿油油的田野变成棉花地，干巴巴的褐色棉秆顶着棉花，先是稀稀拉拉，这里几棵，那里几棵，然后是密密丛丛一望无际——月兰就越想回去。"不行，我应付不来。"她拍着外甥的肩膀说，"求求你，掉头吧。噢，你得往回开。我应该回中国去，我压根儿不该来。咱们回去吧。听清楚没有？"

"不能回去，"英兰命令儿子，"继续开。现在她不能打退堂鼓。"

"你们到底想让我怎样？拿定主意。"儿子说，他开始不耐烦了。

"往前开，"英兰说，"已经开了这么远，不能半途而废。再说了，我们还得送你表妹回洛杉矶的家呢。反正得去洛杉矶。"

"我能去你家见见外孙吗？"

"可以啊。"她女儿说。

"我们得先把你丈夫搞定，再去看外孙。"英兰说。

"他要打我怎么办？"

"那我就打他。我会保护你，我会反击的。咱们俩把他揍趴下，让他乖乖听话。"英兰咯咯笑起来，仿佛正盼着要打一架似的。可看到月兰心惊胆战的样子，便安慰她："不会打起来的，你千万别胡思乱想。我们不过是走到他门口，要是他来开门，你就说：'我已经决定了，来美国和你一起生活。'要是他老婆开门，你就说：'你一定是小老婆了，我是大老婆。'嗨，你甚至还可以大度地说：'我想见见咱们的丈夫。'"英兰又说："我带来了假发，你干吗不打扮成一个漂亮女人呢？我还带了口红和香粉。然后在某个戏剧性时刻，你一把扯掉假发，说：'我是月兰。'"

"这太可怕了。我害怕，我害怕呀！"

"还是先去我家吧，"外甥女说，"我跟家里人说过要赶回家做午饭的。"

"好吧。"英兰说。五年前，她曾努力劝外甥女去找她父亲，可她只是给他写了封信，说自己就在洛杉矶。信中说，要是他想见她，可以来看她，或者她也可以去看他。可他根本不想见女儿。

车子在女儿房前停下，月兰问："我能下车见见外孙吗？"

"我告诉过你了，不行，"英兰说，"你要是一下车，就会留下不走了，我们还得再花几个星期才能重新鼓起勇气。见外孙的事还是放一放，留作以后给自己的奖赏吧。你先把那件事搞定，那样就能无牵无挂地陪外孙一起玩了。再说，你还有自己的孩子要见呢。"

"外孙比那些孩子可爱多了。"

离开外甥女住的郊区，英兰的儿子开车到母亲给他的地址，发现那里竟是洛杉矶市中心的一幢摩天大楼。

"别停在楼前面，"他妈妈说，"找个小巷子停车。我们要给他来个突然袭击，不能让他提前看到我们。我们要看看他脸上的第一反应。"

"是啊，我也想看看他脸上的表情。"

英兰的儿子开着车，在周边的小巷里转来转去，终于找到一个在办公楼里看不到的停车位。

"你得沉住气，"英兰对妹妹说，"进去的时候要镇定自若。哦，这才有戏剧性啊——光天化日之下，繁华闹市之中，突然现身。我们先在这里坐会儿，看看他的大楼。"

"这整座楼都是他的吗？"

"不知道，也许是吧。"

"噢，我动不了啦，我膝盖哆嗦，走不动路了。那里边一定有他的佣人和下属，他们会盯着我看的，我受不了啦。"

英兰感到一阵疲惫涌上来，压得她直不起腰。人人都得她来哄。车水马龙，人来人往，洛杉矶的正午暑气蒸腾，她突然觉得晕车。没有树，没有鸟儿，只有城市。"一定是坐车坐太久了。"她心里想。他们还没吃午饭，一路颠簸让她筋疲力尽。活动一下她就会有力气的，她得活动一下。"你陪姨妈在这儿坐着，我去楼里打探一下。"她吩咐儿子，"等我回来再拿主意。"她围着大楼走了一圈，果然感觉踩到实地，脚下有根儿了。虽然地面上铺了水泥，她还是觉得有了力气。呼吸到空气，虽然里面充满汽车尾气，她还是觉得自己精神多了。大楼底层是几家商店，她浏览着店中展示的服装和珠宝首饰，替月兰相中几件，等她争回自己应得的名分，就可以买来穿戴了。

英兰步履匆匆，旁边镜中的影子与她并肩疾行。她曾经年轻，曾经健步如飞，如今她依然健步如飞，依然觉得年轻。让人老的并不是浑身酸痛，而是镜子，是镜中的满头华发与满面皱纹。年轻人也会浑身酸痛的。

大楼很气派，大厅里到处都是玻璃和镀铬的金属，还有立式烟灰柱和摆成半圆形的塑料长椅。她等电梯里人快满才进去，不想自己操作一种新机器。一上六楼，她就开始机警地寻找地址本上的号码。

他的楼里真干净。卫生间是可以上锁的，头顶上有方形吊灯。但是没有窗户。她不喜欢铺着地毯踩上去悄无声息，却没有窗户的走廊。感觉像隧道。他一定很有钱。好。杀杀有钱人的威风也是应该的。她找到标着他门牌号的房门，玻璃上还有美国字母呢。显然，这是他的办公室。她没料到会在他工作的地方揪住他。幸好提前来打探，要是她们去的是他家，就逮不着他了。那样她们就得对付他的小老婆，而她会打电话通知他，搅乱她们的突袭计划，把他拉到她那一边。英兰知道小老婆都会耍花招，她父亲就有两个小老婆。

英兰走进办公室，暗自庆幸这是公共场所，无须敲门。一屋子男人女人从杂志上抬起头来。她从他们脸上期待变化的神情看出，这是一间候诊室。在一张玻璃推拉隔断后面坐着一位年轻女人，穿着摩登的护士制服，不是白色的，而是浅蓝镶白边的套装。她面前摆着一部漂亮的电话和一台电动打字机，小隔间墙壁的边缘刷成黑色，墙上贴着铝箔一样亮晃晃的壁纸，上面刷着红道道儿，给高大的黑框架形成金属感的背景。候诊室的墙壁覆盖了一层粗麻布，木花盆中种着绿植。这是一间装饰豪华的候诊室。英兰暗暗佩服。病人们穿着得体，没有病态和穷相。

　　"您好，可以为您效劳吗？"接待员推开玻璃隔断说。英兰踌躇着，接待员以为她不会说英语。"请稍候。"说罢，她走进里间，带了另一个女人出来。那女人身穿类似的制服，只是颜色是粉红镶白边。她头发后拢，在后脑勺上扎成卷曲的马尾辫，里面掺了几绺假发。她戴着圆眼镜，贴着假睫毛，模样像个美国人。"您预约了吗？"她用蹩脚的汉语问道，听那发音还不如英兰的孩子像中国人。"我丈夫，医生，一般不给临时上门的人看病。"她说，"我们下个月的预约都已经排满了。"英兰盯着她比比画画地打着手势的粉红指甲，心里想，要不是她汉语说得这么笨嘴拙舌，就不会泄露这么多信息了。

　　"我得流感了。"英兰说。

　　"也许我可以给您另一位医生的名字。"那女人说，按说她也算她的妹妹了。"这位医生是脑外科医生，不看流感。"但她的原话却是"这个医生是给脑子开刀的"，像刚学说话的小孩一样，现造句现说。她涂着粉色的口红和蓝色的眼影，跟洋人似的。

英兰也当过外科医生，觉得妹夫准是聪明过人。她自己在美国不能公开行医，一则是这里的医学训练与国内的大不一样，再则她永远也学不会英语。他聪明，能学会洋鬼子那一套。她必须足够聪明才能斗得过他。她得暂时撤退，详加筹划才行。"哦，好，我找别的医生吧。"说罢，她离开了。

她得重新制订计划，帮妹妹和妹夫团聚。他那护士老婆那么年轻，诊所布置得那么富丽堂皇——木墙板，油画，气派的电话机——英兰如今明白了，妹夫不接老妻来美国，并不是因为凑不齐路费。他是为了这个没心没肺的摩登女郎抛弃了结发妻子。英兰很想知道那姑娘知不知道她丈夫在中国已有妻室。也许她该问一问。

但是不行，她绝不能给她任何暗示，那样会打草惊蛇。她一定要在他来到走廊之前赶紧走开，也许去某个可以上锁的卫生间躲起来。往回走的路上，她注意到楼里的角角落落、各种通道、放扫帚的杂物间、其他办公室——这些地方都可以埋伏。她妹妹可以蹲在自动饮水机后面，等他渴了来喝水，就拦住他。

"我见到他小老婆了。"她说着拉开车门。

"她长什么样？"月兰问，"漂亮吗？"

"很漂亮，很年轻，还是个年轻姑娘。她是你丈夫的护士。他跟我一样当医生。真是个无情无义的臭男人。你得好好教训他几年才行。可你得先坐直了。扑点我的香粉，尽可能打扮漂亮点，不然你没办法跟她争。可你确实有一个优势。注意了吗，你丈夫让她给他干活，跟佣人差不多，那样你就有可能当太太了。她在办公室干活，你在家里持家，跟两房太太差不多。可话又说回来，男人真正的伴侣是帮他辛苦打拼的女人。你学护理行吗？不行，恐怕够呛，护理差不多跟洗衣服一样难学。他竟然变成了这样的卑鄙小人，为一张漂亮脸蛋抛弃自己的责任。"英兰伸手去拉车门把手。"准备好了吗？"

"准备好什么？"

"当然是上楼啦！我们就在他诊所门口，我觉得咱们还是开门见山的好。这里没有树可以给你掩护，没有草让你的脚步变轻，所以你干脆直接闯进他的办公室，向里面的病人和那几个时髦的护士宣布：'我是医生的妻子，我要见我丈夫。'然后你就推开里屋的门走进去。什么门都不要敲，小老婆说话你也别搭理。你径直从她身边走过去，不要放慢脚步。等你见到他，就说：'没想到吧！'你问他：'外面的女人是谁？她自称是你老婆呢。'这样你就给了他机会，让他当场否认她。"

"噢，我太害怕了，动不了了。当着那么多人我做不来，像登台演戏似的。我会连话都说不出来的。"果然，她的声音越来越小，变成耳语。她浑身发抖，缩在后排座位的角落里，缩成一小团。

"好吧，那咱们采取新计划。"英兰边说边看着儿子，他正把脑袋抵在方向盘上。"你，"她说，"我要你到你姨夫的诊所，告诉他街上出了车祸。一个女人腿骨折了，疼得哇哇哭，那他就非来不可了，你就把他带到车上来。"

"妈。"

"嗯，"英兰思量着，"也许我们该把你姨妈撂到街中间，她可以蜷着腿躺着。"可月兰不停地摇头，声音颤抖着一叠声说"不"。

"干吗不把她推到十字路口，在她身上倒上番茄酱，我再开车稍微轧她一下？"儿子说。

"少胡说，"英兰说，"你们这些美国人，把人命当儿戏。"

"妈，这太荒唐了，整件事都太荒唐了。"

"去，照我说的办。"她说。

"妈，我觉得你把戏根本行不通。"

"中国人的事，你懂什么?！"她说，"照我说的办！"

"别叫他把那护士带来。"月兰说。

"你不想看看她什么长相？"英兰问，"那样你就会知道他是为谁抛弃你的了。"

"不，不想。她跟我没关系。她不重要。"

"说英语，"英兰对儿子说，"那样他就觉得非跟你来不可。"

她把儿子推出车外。"我不想干这样的事。"儿子说。

"你要是不干，就会毁了你姨妈一辈子。这事是在中国起头的，你不懂。就按我说的做，快去！"

他哐地摔上车门，走了。

这时月兰捂住肚子呻吟着。"直起腰来，"英兰说，"他随时都会来。"可这只会使月兰呻吟的声音更大，泪水从她紧闭的眼睑中渗出来。

"你想要丈夫，对不对？"英兰说，"要是你现在不把他夺回来，就再也别想有丈夫了。别哭了！"她命令道，"他那个所谓的小媳妇画着红嘴唇、涂着指甲油，跟个电影明星似的，你愿意让他看到你肿眼泡红鼻子吗？"

月兰勉强坐直身子，可样子却像结了冰一般僵硬。

"你只是坐车累了。脸上来点血色。"英兰说着，伸手去捏妹妹皱缩的脸。她托着妹妹的胳膊肘拍打她的手臂内侧。要是时间足够，她会把妹妹的皮肤拍出黑色红色的点子，那就能把疲劳也拍出来了。她一边拍打，一边瞟着汽车后视镜。她见儿子跑过来，他姨夫手里拎着一只黑包跟在后面。"快点，快点。"儿子催促着。他打开车门。"她在这儿。"他对姨夫说，"回头见。"说完便沿着街道跑掉了。

两位老太太看到一个男人进了前座，他身着深色西装，派头十足。一头乌发，脸上没有皱纹，看上去闻起来都像美国人。两个女人猛然想起，中国家庭会给小男孩找大媳妇，这样就可以一辈子伺候他。如果不是因为这个，就是因为在这个鬼国家，男人不知怎么搞的可以永葆青春。

"哪儿有车祸？"他用汉语问，"怎么回事？你的腿没有断啊。"

两个女人都没应声。英兰忍住不说，她不想干扰他们久别之后的重逢。

"怎么回事？"他问，"哪儿不舒服？"这两个女人脸色好难看。"怎么啦，老奶奶？"

"老奶奶？"英兰吼道，"这是你老婆，我是你大姨子！"

月兰抽抽搭搭地哭起来。她丈夫瞅着她。终于认出她。"你——"他说，"你来这儿干什么？"

而她只是张了张嘴，又闭上，一句话都说不出。

"你干吗来这里？"他瞪着眼睛质问她。月兰一手捂住脸，另一只手摇晃着。

英兰再也无法沉默了。显然，他不乐意见妻子。"是我接她来的。"她愤然爆发，"是我把她的名字写在红十字会的名单上，是我给她寄的飞机票。是我每天给她写信，鼓励她来美国。是我告诉她大家会多么欢迎她，她的家人会多么欢迎她，她的丈夫会多么欢迎她。我做了你这个做丈夫的在过去三十年该做的事。"

他像野蛮人那样直勾勾地瞪着月兰，寻找说谎的证据。"你想干什么？"他问。她被他盯得缩成一团，吓得都不敢哭了。

"你不该来这里。"他说。汽车前座如同壁垒，将两个女人困在衰老的咒符中。"你来这里是个错误，你适应不了。在这里生活需要人坚强，你不行。我已经有了全新的生活。"

"那我怎么办？"月兰嗫嚅道。

"好，"英兰想，"问得好，直来直去。"

"我有了新妻子。"男人说。

"她只是你的二房，"英兰说，"这才是你真正的妻子。"

"在这个国家，男人只能有一位妻子。"

"那你会把办公室的女人打发走吗？"英兰问。

他看着月兰，又是那种粗鲁的美国人的眼神。"你去和你女儿一起住。我还是按原来的数给你寄钱。要是美国人知道有你在，我会被抓起来的。我现在是按美国人的方式生活。"他说话的口气就像从小生在美国。

"你怎么能毁掉她的晚年生活？"英兰说。

"她有饭吃，有佣人伺候，女儿还上了大学。她想买什么就买什么。我一直在尽丈夫的本分。"

"你害她守活寡。"

"这样说可不对。很明显，村里人没有乱石砸死她，她也没有戴孝。家里人也没有打发她去干活。你瞧她这样子，永远也融不进美国式的家庭。我经常请美国的重要人物吃饭，"他转眼看着月兰，"你跟他们搭不上话，你几乎跟我都没法讲话。"

月兰羞愧难当，双手捂住脸，恨不能连那双长了老年斑的手也藏起来。她丈夫看起来像车外面经过的外国鬼，而她自己也一定像是中国鬼。他们确实来到了阴曹地府，都变成鬼了。

"那你想让她回中国？"英兰问。

"我可没想让谁回去。她可以留下，但我不想让她住在我家。她得住在你家，或者住在她女儿家。而且我不希望你们任何人再来这里。"

突然间，他的护士敲着车窗玻璃，敲得又轻又急，他们几乎没听到。他竖起一根手指在嘴上，示意两位老太太稍等片刻，别说话；他从来没有告诉他的美国妻子，他在中国已有妻室，她们也绝对不能告诉她。

"出了什么事？"她问，"需要帮助吗？预约的人都挤成一堆了。"

"没事，没事。"他说，"这个女人在街上昏倒了，我马上就上去。"他们俩讲的是英语。

两个老太太没有叫住那个年轻女人。很快，她走了。"我也得走了。"丈夫说。

"你干吗不干脆写信告诉她，你不回国，也不会接她出国？"英兰问。

"我不知道，"他说，"我好像变成另一个人。我的新生活那么完满，把我整个儿裹进去，而你们好像成了我很久以前读过的书里的人物。"

"那你至少得请我们吃顿饭，"英兰说，"你不打算请我们吃午饭吗？你不觉得该请我们吃顿饭吗？去一家像样的馆子？"她不会轻易放过他的。

于是他带她们去吃午饭。英兰的儿子回到车上，只得等着她们。

他们驱车送月兰到女儿家。尽管她住在洛杉矶，却再也没有见过丈夫。"哦，好吧，"英兰说，"现在我们总归同在一片天空下，同在一片土地上，活在同一个时刻中。"英兰和儿子开车回北方。一路上，英兰一直坐在后座上。

几个月过去，英兰没有收到月兰的只言片语。月兰在中国生活的时候，隔一星期就会写一封信。最后，英兰拨通了长途电话，想弄清楚怎么回事。"我现在不能说话。"月兰压低声音说，"他们在偷听。趁他们还没有找到你，赶紧挂。"英兰付的话费还没有用完，月兰已经挂了电话。

那个星期里，外甥女寄来一封信，说月兰很恐惧。月兰说她偶然听到墨西哥鬼正谋划着取她的性命。她贴着墙根爬，偷窥窗外。后来她让女儿在洛杉矶的另一头给她租了套公寓，现在她就藏在那里。女儿每天去看她，但月兰总是对她说："别来看我，那些墨西哥鬼会跟踪你找到我这个新的藏身之处的。他们正监视着你家呢。"

英兰给外甥女打电话，叫她立即送她妈妈到北部来，她说这里没有墨西哥人。"这种恐惧是种病，"她告诉外甥女，"我会把她治好的。"（"从前，皇帝有四位娘娘，"她对儿女们解释，"在宫廷争斗中失败的娘娘会被打发到北宫。她的三寸金莲在雪地上留下小小的脚印。"）

英兰坐在灰狗巴士站的长凳上等妹妹到来。这次孩子没有陪她来，因为巴士站离她家只有五个街区。她把棕色购物袋倚在腿边，坐在荧光灯下打盹，直到妹妹的车到站。月兰站在台阶上眨巴着眼睛，双手牢牢抓着专为老年人设的栏杆。看着车站水泥地上一步一挪的那双衰老的脚，英兰心中酸楚，泪水涌上来。妹妹皮肤松弛，像干瘪的青蛙皮，仿佛皮肤下面的她已萎缩变小。她的衣服也晃晃荡荡，不像以前那样合体贴身。"我乔装改扮了。"她说道。英兰搂着妹妹，好让她暖和些。她一路拉着妹妹的手走回家，像小时候那样。

虽然几个孩子上学去了，家里却显得比以前更拥挤。翡翠木被搬到屋里过冬。墙边，桌上，到处是敦敦实实的翡翠木，树干像脚腕那么粗。春天时阳光给这些植物涂上一层粉色，如今粉色褪去，叶子变成翠绿。

"我好害怕。"月兰说。

"没人跟踪你，"英兰说，"没有墨西哥人。"

"我在灰狗车站看到好几个呢。"月兰说。

"不，不是，那是菲律宾人。"她捏着妹妹的耳垂，口中念念有词地开始为她收魂儿，赶走恐惧。"没有墨西哥人跟踪你。"

"我知道，我坐上汽车甩掉他们，逃出来了。"

"是啊，你坐上画着狗的车，逃出来了。"

晚上，月兰似乎安静下来，英兰便探问到底是什么让她害怕。

"你为什么觉得有人跟踪你？"

"我听到他们在议论我，我悄悄走近，听到他们在说什么。"

"可是你听不懂墨西哥话呀。"

"他们说的是英语。"

"你也不懂英语呀。"

"这一次奇了，我竟然听懂了。我破译出他们的话，透过他们的话，看出他们心里想什么。"

英兰给妹妹揉了几小时的耳朵，对她念诵着新的住址，告诉她，姐姐多么喜爱她，她的女儿、外甥、外甥女多么喜爱她，她的姐夫多么喜爱她。"我绝不会让你出一点事，再不让你出远门。你已经到家了。留在家里吧。不要怕。"泪水从英兰眼中滑落。是她催着妹妹坐喷气式飞机从大洋彼岸匆匆赶来，然后又沿着太平洋海岸奔波来去，在洛杉矶城中东奔西走。月兰找不到家，她的魂儿（英兰称它为"神儿")散落得满世界都是。英兰搂着妹妹的头，扯着她的耳垂。她要补偿她。月兰脸上偶尔也会现出专注的神情。英兰揉搓着那双细瘦的手，往她的指尖上吹气，努力想把动荡的火苗吹旺。日复一日，她待在家里，不去洗衣店。她把洛杉矶的医生给妹妹开的冬眠灵和维生素 B 都扔掉。她安顿妹妹坐在厨房的阳光中，自己在橱子里、地下室里找草药，在冬天的菜园里找新鲜的植物。英兰选了药性最温和的植物，给妹妹煎药熬粥，就像以前老家村里人喝的那种。

夜里，她搬出自己的卧室，睡在月兰身边。"放心睡吧，别害怕。"她说，"好好休息，我就在你身边。我会帮你的魂儿找到回来落脚的地方。我会给你叫魂儿，睡吧。"英兰目不交睫地照看她，直到黎明才睡。

月兰依旧出声地描述外甥们的一举一动，但如今只是自言自语，不会停下来问问题。她足不出户，连院子里也不去。"唉，她疯了。"她睡着的时候，英兰的丈夫说。

月兰神思恍惚的时候，英兰便握住她的手。"不要走，小妹。不要再离开。回到我们身边来。"要是月兰在沙发上睡着了，英兰便整夜不上床，有时只坐在椅子上打个盹。月兰在床中间睡着，英兰就在她脚边躺下，凑合一夜。她要把妹妹的魂儿拉回地上来。

但是一天天过去，月兰的魂儿越飘越远。她说墨西哥人已经一路追踪她找到这座房子。从那天起，她拉下窗帘和百叶窗，锁上房门。她侧着身子贴着墙往外窥视。英兰对丈夫说，他得迁就小姨子。关上窗子是对的，那样月兰的魂儿就不会从缝隙里溜出去。月兰在屋里走来走去，把所有灯都关上，就像空袭时一样。房子里变得阴郁，不透气，没有亮光。这就不好办了，黑暗既能让魂儿回来，也给魂儿溜走大开方便之门。有时候英兰一边呼唤妹妹的名字，一边开灯。英兰的丈夫装了一台空调。

孩子们把自己锁在卧室、储藏室、地下室里，在里面开着灯。他们的姨妈便去敲门，说："你们在里面没事吧？"

"姨妈，没事。我们很好。"

"当心，"她警告，"当心。把灯关掉，那样他们就找不到你们了。趁他们还没来找我们，赶紧关灯。"

孩子们在门框周围挂上毯子，在门下面塞上衣服。"中国人真古怪。"他们彼此说。

月兰的下一步举动是拿掉架子上、梳妆台上和墙上的所有照片，只留下祖父母的。她收起家人的影集。"把这些藏起来，"她压低声音对英兰说，"藏好。等他们找到我，我可不想连累全家人。他们会按照片追踪你们的。"英兰把照片和影集用法兰绒包起来，说："我会把这些运到很远的地方，谁都找不到我们。"她趁月兰不注意，把照片和影集放进地下室，塞到收纳箱最底层，上面盖上旧衣服旧鞋子。"万一他们找到我，你们也会安全的。"月兰说。

"我们都很安全。"英兰说。

月兰接下来的古怪举动是，她拼命不让任何人离开家。她揪住他们不放，扯住他们的衣服，求他们不要走。英兰的丈夫和孩子们只得偷偷溜出去。"别让他们走，"月兰哀求着，"走了就再也回不来了。"

"他们会回来的。你等着看吧。我向你保证。注意看他们，不要管墨西哥人。这个三点半回家，那个五点回家。记着现在谁走了。你会看到他们平安回家的。"

"我们再也见不到他了。"月兰抽泣着。

到了三点半，英兰就提醒她："瞧见了吧？三点三十分，他果然回来了吧？"（"你们这些孩子，放学后给我立马回家，一刻也不准耽搁，不准去糖果店，不准去漫画店，听到没有？"）

可月兰已经不记得了。"这是谁啊？"她问，"你要留下来吗？今晚可别出门。早上也别走啊。"

她悄悄对英兰说，全家人千万别出门，因为"他们"要把我们抓进飞机，运到华盛顿，在那里把我们全都烧成灰烬，然后迎风一撒，不留任何痕迹。

英兰看到妹妹的头脑已经一成不变。她的确疯了。英兰对孩子们解释："疯子和正常人的区别在于，正常人讲故事的时候是会变花样的，而疯子讲的故事总是千篇一律，重复来重复去。"

每天早晨，月兰便站在前门口嘟囔着："别走。飞机。灰烬。华盛顿。灰烬。"然后，当一个孩子终于摆脱她离开时，她就说："这是我们最后一次见到他了。他们会逮住他，把他烧成灰烬的。"

于是英兰只好放弃。她在家里养着个疯子，每天一大早就咒她的孩子，包括在越南战场上的那个。他们需要的是祝福，可姨妈总是说些可怕的话。也许月兰早已经离开这个老迈疯癫的躯壳，诅咒孩子们的其实是一个鬼。最后英兰给外甥女打电话，外甥女把月兰送进了加州的州立精神病院。之后英兰打开所有的窗户，让空气和光线重新进入家中。她搬回与丈夫合用的卧室。孩子们取下门框上的毯子和床单，重新回到客厅。

英兰探视过妹妹两次，见月兰一次比一次消瘦，瘦成一把骨头。但令她惊讶的是，她很开心，还编出了新故事。她像孩子般欢呼雀跃："啊，姐姐，我在这儿可开心啦。这里谁都不离开，是不是很棒？我们这里都是女的。过来，见见我的女儿们。"她把英兰介绍给病房里的所有病人——她的女儿们。尤其令她骄傲的是那些怀了孕的。"这些是我亲爱的怀孕的女儿。"她抚摸她们的头，替她们整整衣领，披披毯子。"今天感觉好吗，乖女儿？"她对英兰说："哦，你知道，我们这里的人都相互理解。我们说一样的语言，完全一样。她们懂得我，我也懂得她们。"果然，女人们也都对她微笑，她走过时，她们伸手抚摸她。她有了新故事，可神智却完全丧失，再也不会在某天早上清醒过来。

英兰告诫孩子们，一定要帮她阻止父亲娶小老婆，因为她觉得自己未必比妹妹更能承受这样的打击。假如他带别的女人回家，他们要合起伙来对付她、捉弄她、打她，趁她端着热油的时候绊倒她，直到把她轰走为止。"我都快七十的人了，"父亲说，"从来没娶过小老婆，现在也不打算娶。"英兰的女儿们信誓旦旦，绝不允许丈夫对自己不忠。她所有的孩子都打定主意，以后要主修科学或数学。

胡笳怨曲

其实弟弟是这么说的:"我开车送妈妈和二姨去洛杉矶,去见另娶了老婆的姨夫。"

"她打他了吗?她说什么了?他又怎么说?"

"没说什么。主要是咱妈在说。"

"她说的什么?"

"她说姨夫至少得请她们吃顿午饭。"

"他坐在哪个老婆旁边?他们吃的什么?"

"我没去。他另一个老婆也没去。他示意我们不要告诉她。"

"要是我的话就说了。假如我是他老婆,我就告诉她。要是我在场,就跟着去吃午饭,支棱起耳朵,听听他们到底说什么。"

"嗨,你知道他们吃饭是不说话的。"

"咱妈还说什么来着?"

"不记得了。我骗姨夫说,一位过路人把她的腿撞断了,好让他过来。"

"一定还有别的事。姨妈说没说什么难听的话?她准说过什么。"

"没有，她好像什么也没说。我不记得她说过什么。"

实际上弟弟并没有告诉我去洛杉矶的事，是一个妹妹把他的话转述给我听的。他可能比我讲得更好，因为他直陈其事，无须煞费苦心、绕来绕去地构思情节。听者可以将他的故事收在心里，占不了多大地儿。从前，中国有专门打结做盘扣的人，他们还会用绳子编成拉铃的绳索。有一种扣复杂至极，把打结人的眼睛都累瞎了。最后皇帝下令，不准人再盘那样摧残人的扣，贵族们也不能再命人打那种结了。假如我生活在中国，我可能就是那种违背禁令的打结人。

可能正是因为这样，妈妈才割了我的舌头。她把我的舌头推上去，割断舌筋。也许她是用剪指甲的小剪刀剪的。我不记得她那样做过，是她自己告诉我的。而我整个童年时代都为那个婴儿难过：她妈妈手拿剪刀或小刀等她哭，然后趁她像雏鸟那样张大嘴巴哭的时候，咔嚓一下。中国有句俗语："快嘴快舌，招灾惹祸。"

我以前经常在镜子前卷起舌头，把舌筋拉成一条白线，舌筋本身就薄得像剃刀刃。我看不到嘴里有疤。我想大概我有两根舌筋，她剪断了其中一根。我让别的孩子也张开嘴，好把他们的舌筋和我的比较一下。我看到完整的粉红色薄膜延伸到舌头两侧，看起来很容易割断。有时候我很骄傲，妈妈在我身上采取了这么强有力的措施。但有时候我也很害怕——妈妈看到我之后做的第一件事，竟是割我的舌筋。

"妈，你为什么那么做呢？"

"我给你说过了。"

"再说一遍吧。"

"给你割舌筋是为了让你说话不咬舌,而且说哪种语言都没问题。你可以说完全不同的语言,什么音都发得出来。你的舌筋看起来太紧,发不了那些音,所以我就割了。"

"可俗话不是说'快嘴快舌,招灾惹祸'吗?"

"在这个鬼国家,情况不一样。"

"那疼不疼啊?我哭了吗,流血了吗?"

"不记得了,可能吧。"

她没有给别的孩子割舌筋。当我问堂兄弟姐妹和别的中国孩子,他们的父母有没有割断他们的舌筋,好让舌头灵活,他们惊讶地问:"什么?!"

"你为什么没有割弟弟妹妹的舌筋?"

"他们用不着。"

"为什么用不着?他们的舌头比我的长?"

"别在这里多嘴多舌啦,干活去!"

要是妈妈说的是真话,她真该把我的舌头多割一点,把剩的那点舌筋也刮去才好,因为我开口说话十分吃力。要么她干脆别割,省得干扰我的说话能力。上幼儿园的时候,第一次需要说英语,我就是不吭声。即便到现在,哪怕只是跟人随口打个招呼,或到旅馆前台问个简单的问题,或向公交车司机问个路,我还是笨嘴拙舌,羞于张口,声音干涩嘶哑。我会身体僵硬地站在那里,或是尖着嗓子啰里啰唆地说出一个语法完整、冗长无比的句子,害得一长队人在后面等我。"你说的啥？"司机问，或者："大点声。"于是我只得重说一遍，只是声音越发虚弱。打个电话简直让我嗓子流血，耗尽一整天的勇气。听到自己支离破碎的声音从嘴里磕磕绊绊地挤出来，我真讨厌自己，搞得一整天都没情绪，别人听着也会做鬼脸。但我现在强点了。最近我终于开口向邮递员要特种邮票了，打小我就一直盼着邮递员主动送给我。总算有了点进步，每天进步一点点。

上幼儿园的三年里，我的沉默最为浓稠而彻底。我把在幼儿园里画的画都涂成黑色。我在画好的房子、花朵和太阳上面涂上一层层黑色颜料；在黑板上画的时候，我就用粉笔涂一层。我那是在画舞台上的大幕，并且是大幕还没有拉开或升起的时刻。老师们通知我父母去幼儿园，我见他们还一直收着我的画，已经裂了纹，皱巴巴的，统统是一团漆黑。老师指着那些画，表情严肃，说的话也很严肃，只是我父母听不懂英语。（爸爸说："子女犯罪，累及亲师。"）我父母把画带回家，我一一展开（漆黑一片，蕴含无尽的可能），假装一重又一重的大幕豁然拉开，扬起，展现出幕后一片片明媚的阳光和一出出壮丽的戏剧。

沉默的第一年，我在幼儿园里不同任何人说话，上厕所也不告诉老师，结果幼儿园没有及格。我妹妹也是三年不说话，在操场和餐厅里都一言不发。别的中国女孩也很沉默，但大多数人比我们更快地度过这一阶段。我喜欢沉默，最初我没有想到应该说话，或者应该通过幼儿园的考试。我在家里是说话的，也和班里的一两个华人小孩说话。我打手势，甚至还会逗乐。杯子里的水洒进玩具茶托里，我就用茶托喝水，大家指着我哄笑，我就越发这样做。我不知道美国人是不用茶托喝水的。

我最喜欢黑人同学，因为他们笑起来嗓门最大，跟我说话的口气仿佛我也是个敢说话的人。有个黑人女孩让她妈妈仿照我的上海发式，把小辫子绕着耳朵一盘，于是我们就成了一对上海双胞胎，只不过她像我的画一样，身上涂了一层黑色。两个黑人小孩报名上了中文学校，老师给他们取了中文名字。有几个黑人小孩陪着我上学放学，保护我免受日本小孩的欺负。那些日本小孩打我追我，还把口香糖塞进我的耳朵里。日本小孩又吵又横。他们有一天突然出现在幼儿园里，是从集中营里放出来的。地图上的集中营像用带刺的铁丝网围成的井字游戏方格。

当我发现自己必须说话的时候，上学才变成煎熬，沉默也开始变得痛苦。我不说话，而且每次都会因为不说话而难受。上一年级的时候我会朗读，可只能听到蚊子嘤嘤似的一点尖细声音从自己嘴里挤出来。老师说："大点声。"结果连那点声音也给吓没了。别的中国孩子也不说话，于是我明白了，我们沉默，是因为我们是华人。

朗读比说话容易，因为不必想该说什么，可我老是读到半截便停下来，老师以为我又不出声了。我不明白英语中的"我"。中文的"我"很复杂，有七画。英语中的"我"是"I"，当然也像中文的我一样戴着一顶帽子，可它怎么只有三画，中间那一画还那么直呢？是不是写字的人出于礼貌省去几笔，就像中国人写自己的名字时，必须写得小小的、歪歪扭扭的？不，不是出于礼貌；"I"

是大写，而表示"你"的"you"却是小写。我盯着"I"中间的那条线，久久地等待它黑色的中心分解成紧挨在一起的其他的笔画和点，结果忘了读。另一个麻烦的词是"这里"，英语写作"here"，没有强辅音，让人无从抓住，发音还平平的，而中文的"这里"则像两座山。老师每天都得教我读"I"和"here"，最后干脆让我待在楼梯下面低矮的旮旯里，那是他经常罚吵闹捣蛋的男生坐的地方。

上二年级的时候，我们班排演了一出戏，除了几个华人女孩之外，别人都去了礼堂。那位可爱的夏威夷老师本该理解我们，却把我们丢在教室里。我们的声音太轻，几乎听不到。再说了，我们的父母也从来不签字允许我们参加课外活动。除了绝对必要的情况，他们是从来不签字的。我们把门推开一条缝往外偷看，又赶紧关上。我们中有一个女孩（不是我）每次拼写比赛都会得第一名。

我记得我曾对夏威夷老师说："我们中国人不能唱'我们父辈逝去的土地'①。"她对我大谈政治，而我想说的是那样唱不吉利。可既然我那时候不说话，又怎么会记得那样的事呢？妈妈说我们和洋鬼子一样没有记性。

美国学校放学之后，我们拎着整齐地装着书本、毛笔和墨盒的香烟箱去中文学校上课，从下午五点学到晚上七点半。在那里，我们一起朗读，声音抑扬顿挫，嘹亮而柔和，有些男生扯着嗓门念。

---

①美国歌曲《我的祖国，美丽的自由之邦》（*My Country, 'Tis of Thee*）中的一句歌词。在 1931 年《星光灿烂的旗帜》正式定为国歌之前，这首歌曾和其他几首歌曲一起被用作美国的国歌。

大家齐声朗读，齐声背诵，不需要哪个人单独出声。检查背诵时，老师会让我们一个个走到讲台前单独背给他听，这时候其他同学就抄写或者描红。大多数老师都是男的。那些在美国学校里表现规规矩矩的男生在中文学校里会捉弄老师，同老师顶嘴。女生们也不再装哑巴，课间休息时没人管，她们便又嚷又叫，有时候还会打起来。没有人担心孩子受伤或损坏公物。阳台刷成红绿两色，贴着金色喜字，通往阳台的玻璃门大敞着，孩子们可以跑出去爬防火梯。我们在礼堂里玩夺旗游戏。礼堂的舞台后面悬挂着中国国旗和美国国旗。我们爬上主席台上典礼专用的高背柚木椅，再飞身跳下舞台。旗帜总部一处设在玻璃门后面，一处设在舞台右侧。我们踏在空洞的舞台上，发出咚咚的声响。课间休息时，老师们躲在办公室里，里面有几架书、练字本和墨汁，是从中国运来的。他们喝茶，双手拢在炉子上烤火。玩游戏时没人监督我们。课间时分，我们就是学校的主人，而且愿意逛荡多远就多远——去闹市区，去唐人街的商店，或者回家，只要在放学铃响之前回来就行。

七点半，老师再次拿起放在讲桌上的铜铃，在我们头顶上叮叮当当地摇晃。我们冲下楼梯，欢呼声被楼梯间放大。没人需要排队。

并不是所有在美国学校沉默的孩子都在中文学校找到了声音。一位新来的老师让我们一个个站在讲台上，背诵给全班同学听。我和妹妹已经把课文背得滚瓜烂熟。我们在家里相互检查，一个背一个听。老师让妹妹先背。这是老师第一次让妹妹在姐姐前面背。妹妹吓懵了。她瞟了我一眼，又把视线移开。我低头盯着书桌。我希望她能背出来，要是她背得出来，我就也能背出来。她张开嘴，发出一个声音，不是嗫嚅声，可也不是正常的声音。我希望她千万别哭起来。她的声音被恐惧压碎，如同踩在脚下的细枝。她的声音听起来像是一边抽泣，一边被人勒住脖子，却还要拼命唱歌。她没有停顿或住口，好结束这尴尬的局面。她一直背，一直背，直到背完最后一个字才坐下。轮到我了，我发出的声音和妹妹一样，如同瘸腿的野兽拖着断腿在奔跑，你能听到我声音中有碎骨头片，还有断骨间咔嚓相碰相磨的声音。但我的声音还挺大的。我很高兴自己没有小声嘟囔。有个小女孩声音轻得几乎听不到。

　　但是你也不能任凭人驱使你的声音。他们想捉住你的声音，为己所用。他们想治好你的舌头，好替他们说话。我们得问："这东西便宜多少才卖？"跟卖货鬼砍价，让他们少赚点。

　　一天，我们正在洗衣店干活，拐角的雷克索药店的送货员来了。他送来一只淡蓝色的药盒，可家里并没有人得病。我们看了送货单，才知道那是另一家华人疯玛丽的药。"不是我们的。"爸爸说着，把送货单上的名字指给送货员看，他便把药拿回去。妈妈唠叨了一个钟头，后来越想越气。"那个鬼！那个死鬼！他竟敢送错地方！"她无法集中精力，没有心思写标签、熨衣服。"送错了！哼！"我自己也开始生气，妈妈则是怒火中烧。她把熨衣机摔得喀啦喀啦响，将衣服压得嘶嘶叫。"得报复。他们这样会给我们家的未来、健康和生命招来灾祸，我们得报复。谁敢给我的孩子招病惹灾，我绝不会轻易饶过他！"我们姐弟几个谁也不看谁。妈妈要做可怕的事，让我们难堪的事。她一直在暗示，下一次月食的时候我们要敲锅盖吓走蛤蟆，不让它吞掉月亮。（"月食"的意思就是"蛤蟆吞月亮"。）上次我们没有敲锅盖，但最后月亮上的阴影还是渐渐消退了。妈妈说："那准是因为老家人把锅盖敲得叮叮当当山响。"

（"妈妈，世界另一面现在看不到月食。那只是地球转到月亮和太阳中间时，在月亮上投下的影子。"

"你总是听信那些鬼老师的鬼话。你没瞧见那蛤蟆的大嘴巴！"）

"啊哈！"她吼道。"你！老大，"她指着我，"你去趟药店。"

"你要我买什么，妈？"我问。

"什么都不买。一分钱也别带。去告诉他们，别再咒我们家里人。"

"我不想去。我不知道该怎么做。根本没有诅咒这一说。他们会以为我是神经病的。"

"你要是不去，我们家遭瘟就得怪你。"

"我去了该做什么呀？"我没辙了，闷闷不乐地问，"是不是说'你们的送货员送错了地方'？"

"他们知道他送错了。我要你让他们纠正罪行。"

我已经开始感到恶心了。妈妈要让我拎着难闻的香炉在柜台上摇晃，围着药剂师和顾客转圈，还要往药剂师身上洒狗血。她的计划让我受不了。

"你要让他们送糖果作为补偿。"她说，"你说：'你们的药玷污了我们家，必须用糖祛除诅咒。'他会明白的。"

"他又不是故意的。而且他也不会明白。妈，这种事他们不懂。

我说不清楚，他们会当我是叫花子的。"

"你翻译我的话就行。"她搜我的口袋，确保我身上没有藏钱。我鬼主意多，不听话，会自己花钱买，回家谎称是人家免费赠送的。

"我妈妈说给我些糖。"我用含混不清的声音飞快地对药剂师说。要装可爱，装小孩儿。没有人会伤害可爱的小孩儿。

"什么？大点声，说英语。"他说。他身材魁梧，穿一身药剂师的白大褂。

"给、给、给我糖糖。"

药剂师从柜台里探过头来，皱着眉头。"免费糖果，"我说，"样品糖果。"

"我们不给样品糖果，小姑娘。"他说。

"妈妈说你们必须给我们糖。她说中国人就是这么做的。"

"什么？"

"中国人就是这么做的。"

"做什么？"

"做事情。"我觉得没办法向药剂师解释明白，这太沉重，太困难了。

"我给你点钱好吗？"他问。

"不，我们就要糖。"

他把手伸进一个罐子，抓了一把棒棒糖给我。从那时候起，一年到头，年复一年，只要我们去药店，他都会给我们糖。别的药剂师或店员招呼我们时也会给我们糖。他们背后议论我们。他们十二月给我们万圣节糖果，情人节前后给我们圣诞节糖果，复活节给我们心形糖果，万圣节给我们复活节彩蛋。"看到了吧？"妈妈说，"他们明白。你们这些孩子，就是胆子太小。"可我知道他们不明白。他们以为我们是住在洗衣店后面的无家可归的乞丐。他们可怜我们。我不吃他们的糖果。我不进药店，不打药店门前走，除非父母逼我去。每次我们去药店抓药，药剂师总会在药袋里放几块糖，华人药剂师也经常这么做，只不过他们放的是葡萄干。妈妈还以为她用得体的办法教训了那些抓药鬼呢。

因为说话吃力，我的嘴都歪了，右嘴角是平的，左嘴角往下撇，再也正不过来。真是奇怪，移民老乡们都爱大喊大叫，面对面说话都扯着嗓子。爸爸很纳闷："为什么隔着好几个街区还能听到华人讲话？是因为我懂汉语，还是因为他们说话太吵？"听戏的时候，他们把收音机开得山响，耳朵好像也震不坏。他们的咋呼声盖过演员的演唱，演员咿咿呀呀的唱腔压过喧天的锣鼓伴奏，大家一起讲话，比手画脚，唾沫星子乱飞。你会注意到美国人看那样咋咋呼呼的女人时流露出一脸的厌恶。不光是嗓门大，还有汉语的发音方式，在美国人听来，呕哑嘲哳，刺耳难听，不像"沙扬娜拉"之类的日本话那样优美动听，因为日语像意大利语一样，有规则的辅音和元音组合。我们的发音却像乡巴佬一样浑浊，取的名字也拗口难记。美国人说话，华人则根本听不见，他们的语言太轻柔，而西方音乐简直没有声音。在一次钢琴独奏会上，我看到华人听众们哄笑、串座、闲聊、吃吃喝喝，似乎以为钢琴师听不见他们似的。演奏者是一位美籍华人，某个华人移民的儿子，正在弹肖邦的曲子，当然没有抑扬顿挫，没有热热闹闹的铙钹锣鼓。假若用钢琴演奏中国的曲子，五个黑键足矣。一般的华人女子说话，粗门大嗓，盛气凌人。为了成为美国式淑女，我们这些华裔女孩便柔声细语，而且明显比美国人更细声细气。每年老师都会打发我和妹妹去做语言矫正治疗，可是一见治疗师，我们的声音就好了，毫无预兆地恢复正常。我们中有些人干脆放弃，不说话，只摇头，一句都不说。有些人连摇头也做不到。有时候摇头也是一种逞强，我做不到。最终，我们大多数人还是能发出声音的，尽管结结巴巴。我们创造了一种美国式的阴柔语调。只有一个女孩例外，她在中文学校都说不出话来。

那女孩比我大一岁，与我做了十二年同学。那些年间，她可以朗读，但从不说话。通常她和她姐姐形影不离。她们的父母故意让她姐姐晚一年上学，好保护妹妹。她们俩开始上学时，一个六岁，一个七岁。尽管我在幼儿园蹲了一级，上学时还是和同班的大多数同学一样大；八成是父母给我虚报了一岁，所以虽然我上幼儿园早，上小学时却和大家同龄。妹妹比我低一级，我们俩都是正常年龄上学，不在一个年级也是正常。而那个不说话的女孩的父母却极力保护两个女儿。天上落几个雨点就留她们在家不去上学。那俩女孩也不像我们家的孩子，为了要谋生早早开始干活。但在别的方面，我们都是一样的。

在体育运动上我们表现差不多。我们肩上扛着球棒，最后走到一垒。（你得真挥棒击球才有可能击中一球。）有时候投手懒得把球投给我们。"自动出局！"别的孩子喊道，于是我们就被赶下场。但是到了四五年级，有些华人孩子会争取击球。"失球出局！"别的孩子说。有几次我击中了球。棒球的好处是，击完球后你知道朝哪个地方跑。篮球就让我无所适从，因为接到球后我不知道该投给谁。"给我，给我！"那些孩子冲我喊，"这边！"我突然意识到，我根本没记住哪些鬼娃是我的队友，哪些是我的对手。听到那些孩子喊："自动出局！"那个比我还沉默的女孩跪下来，两手捧着球棒，小心翼翼地放在本垒板上。然后她拍着手上的土，走向一垒的位置，站在那里，十指叉开，一双手轻轻搓着。她总是不到二垒便被触杀出局。她会轻声诵读，但从不说话。她的声音轻得如同没有舌颚肌，仿佛是远处的呼吸声。我听不出她声音中有愤怒或紧张。

吃午饭的时候，我跟其他同学，包括华人同学，议论那女孩是不是哑巴，但她会朗读，显然不是哑巴。大家在谈他们费了多大劲对她表示友善。他们主动打招呼，可她要是不回答，那他们干吗再跟她套近乎呢。她自己没有朋友，总是跟在她姐姐屁股后面，姐姐去哪儿她就去哪儿，虽说她和别人都以为我是她的朋友。我也跟着她姐姐转，她姐姐还是比较正常的。她差不多比我们大了两岁，看的书也比别人都多。

我讨厌那个妹妹，那个不说话的女孩。我讨厌她，因为她是她那一队最不想要的，我是我这一队最不想要的。我讨厌她那中国娃娃的发式。我讨厌她上音乐课吹塑料笛子发出的呼哧呼哧声。

上六年级的时候（那年我因为掌握了说话能力而沾沾自喜，不知道将来的高中舞会和大学的课堂研讨会让我再度受挫），一天下午，我和我妹妹、那个不说话的女孩和她姐姐，不知什么缘故放学走得晚。水泥地凉下来，绳球杆的影子投在碎石路上，绳子上端的钩子碰在杆子上，叮当叮当响。我们本来不该待到那么晚，洗衣店有活儿要干，五点之前还得赶到中文学校。上一次我们回去晚了，我妈打电话报警，说我们被匪徒绑架了。电台上广播了我们的相貌特征。我得在她那样干之前赶回家。可有时候，要是在学校盘桓得久一点，等别的同学都走了，你就可以在办公室的人收走器械之前玩一阵子。我们在操场上相互追逐，在地下室里跑进跑出，那里有游戏室，有卫生间。防空演习期间（当时正值朝鲜战争，你之所以知道这一点，是因为每天报纸头版上都印着朝鲜地图，地图上方的红色区域像窗户的遮光帘一样，时而升时而落），我们蜷缩在地下室里。这会儿大家都走了。游戏室是军绿色的，里面除了装着一排排饮用水龙头的长长的水槽之外，什么都没有。天花板上，一条条水管通往自动饮水器和隔壁的卫生间。有人放水冲马桶时，你会听到水声，还有孩子们叫作"别的东西"的东西在水龙头上方的粗大管子中流走。女生游戏室挨着女卫生间，男生游戏室挨着男卫生间。卫生间的小隔间没有门，马桶没有盖子，由此我们知道外国鬼不知羞耻，不讲究隐私。

　　游戏室里，罩着网罩的电灯已经关了。太阳透过窗户上的防盗护栏投下 X 形的光。我向外张望，见校园里空无一人，便跑到外面爬防火梯，手指脚趾扣紧铁梯子往上爬。

我轻轻一跃跳下防火梯，在校园里奔跑。白昼是一只巨眼，这会儿它不大注意我。我可以和太阳一起消失；一个急转弯，便能滑入另一个世界。此时我好像可以跑得更快，到黄昏时分就能飞起来了。下午渐渐消逝，我们可以跑进禁区——男生的大院子，男生的游戏室。我们甚至可以去男卫生间看看小便池。没放学的时候，我只进过一回男生的院子，当时有辆平板货车停在街对过，车上用绳子捆着一头庞然大物，上面蒙着篷布。孩子们风传逮住了一头大猩猩。我们说不清牌子上写的到底是"大猩猩的足迹"还是"大猩猩的审判"。那家伙像房子一样大。我们不顾老师阻拦，疯了似的冲向围栏，手扒着铁丝网。此刻我跑着穿过男生的院子，径直穿过防风护栏，回想起那日看到的从篷布底下探出来的兽毛。夏天快到了，你能感到自由也快来了。

　　我跑回女生的院子，见那个不说话的女孩一个人在那儿。我从她身边跑过去，她跟着我进了女卫生间。我叮叮的脚步声在水泥地和地板砖上回响着，因为我鞋底上钉了掌。她的脚步很轻，啪哒啪哒跟在我身后。卫生间里除了我们俩没有别人。我跑遍一排排共二十五个小隔间，看是不是确实没有人。没有我妹妹，没有她姐姐。我想我们当时准是在玩捉迷藏。她自己不会藏，通常是跟在她姐姐后面，和她藏在一起。她们俩准是跑散了。天色渐渐暗下来，一个小孩藏起来，可能永远也找不到。

　　我在一个洗手池前骤然止住，她刹不住脚，直冲我奔过来，差点撞到我身上。我向她逼近，她往后退，眼中先是迷惑，继而惊恐。

"你必须说话。"我说，声音镇定而正常，就像跟熟人、弱者或小孩子说话的口气一样，"我要让你开口说话，你这胆小的丫头。"她不再后退，定定地站在那里。

我盯着她的脸，好挨近些讨厌她。她留着乌黑的刘海，脸蛋儿白生生、粉嘟嘟的，像婴儿一样娇嫩。我觉得用手指头一按，她的鼻子就会像没有骨头一样陷进去，脸上留个坑。我可以在她脸上戳出酒窝。我可以像揉面团一样揉搓她的脸。她一动不动地站着，我就不想再看她的脸了。我讨厌脆弱。我绕着她走了一圈，上下打量她，就像墨西哥人或黑人女孩打架时那样，眼神恶狠狠的。我讨厌她柔弱的脖子，仿佛扛不起脑袋的重量，任由脑袋耷拉着。她的头也会往后仰。我盯着她后脖颈的曲线。真希望能从后面和侧面看到我自己的脖子是什么样的。我希望自己的脖子不要和她的一样，我希望自己的脖子又粗又壮。我留着长头发，好盖住脖子，免得它看上去像花梗一样柔弱。我又绕到她面前，好更讨厌她的脸。

我一伸手捏住她的腮帮子，不是面团，而是肉，就在我的拇指和食指之间。离得这么近，竟然看不出毛孔。"说话，"我说，"说不说？"她的脸很有肉，如同抽掉玻璃刀刀刃般的骨头的鱿鱼。我想要粗糙的皮肤，结实的棕色皮肤。我的双手早已磨出茧子，我在地上抓土，好让指甲变黑，我把指甲平着剪，好显得指头短粗。我拧一下她的脸："说话。"一放开手，我在她脸上留下的白色指印又涌上粉红的血色。我绕到她另一侧。"说话！"我冲她脑袋一侧吼。她清汤挂面般的头发耷拉着，这些年她一直留这样的发型，不卷发卷，不扎辫子，也不烫发。我又拧她另一边的脸。"怎么样，嗯？说不说？"她拼命想摇头，可我拧着她的脸，她没劲儿，甩不开。她的皮肤像是可以拉长。我惊恐地放开手。要是她的脸皮被我扭下来怎么办？"不说，嗯？"我说着，想把指头上的触感搓掉。"那就说'不'。"我又捏住她的脸一拧，"说'不'。"她摇摇头，直直的头发跟着她的脑袋晃动，不像那些漂亮女孩的头发那样飘来飘去。她真是整洁，整洁得让我心烦。我讨厌她把包午餐的蜡纸叠得整整齐齐，她从不把牛皮纸袋或试卷揉搓成一团。我讨厌她的衣服——那件淡蓝色的开衫，里面白衬衣的领子平展地翻到开衫外面，还有她穿的那件家做的直筒棉布裙，别人都穿喇叭裙。我讨厌素淡的颜色，我宁愿老穿黑色。我又扭她的脸，这次劲儿更大，尽管她的脸摸上去像软胶皮，我不喜欢。我拧了一边，又拧另一边，左一下右一下地拧，直到她开始流泪，仿佛是我把她的泪给拧出来似的。"不许哭。"我说，可尽管她习惯跟着我跑来跑去，却没有听我的话。她流着泪，淌着鼻涕。她抬起白纸般的手指抹着眼泪。她手和胳膊上的皮肤仿佛敷了一层粉，干干的，像透明复写纸，像洋葱皮。我讨厌她的手指，我能像掰面包棍那样把它们掰断。我把她的手往下一拉。"说'嗨'。"我说，"就这样，'嗨。'说你叫什么名字。说啊。说吧。你是傻还是怎么的？你傻得连自己名字都不知道，是不是？我对你说：'你叫什么名字？'你张嘴说就是了，行不行？你叫什么名字？"去年，有个男孩不会填表，因为他不知道自己的爸爸叫什么，惹得全班都笑话他。老师又叹气又生气，讥讽地问："你就不留点心？你妈妈怎么叫他？"全班都笑他笨，笑他什么都不上心。"她叫他'孩儿他爸'。"男孩答道。连我们都笑起来，虽然我们知道他妈妈不喊他爸爸的名字，所以儿子也不知道爸爸的名字。我们笑了，庆幸我们的父母有先见之明，告诉我们几个家里人的名字，以备老师问起。"你要是不傻，"我对那不说话的女孩说，"就说你叫什么吧。"她摇一摇头，几根头发被泪水粘住，乌黑的发丝贴在一侧粉白的脸上。我朝上一伸手（她比我个子高），抓住她的一绺头发，揪了一下。"那好吧，咱们拉拉你的头发，看你出不出声。"我说，"嘟，嘟。"然后我拉她另一边的头发，"嘟——"拉了很久，"嘟——"拉得更久。我看到她白净的小耳朵，像洁白的糖蛾，蜷着身子藏在头发底下。"说话！"我冲着每一只糖蛾大叫。

我直盯着她。"我知道你会说话。"我说，"我听到过你说。"她的眉毛唰的一扬。那双乌黑的眼睛中有什么被吓了一跳，我盯住不放。"有一次我路过你家，你不知道我在那里。我听见你扯着嗓子说英语，说汉语。你不光说话，你还喊。我听到你喊了。你在喊：'你在哪儿？'再说一遍。说吧，就和你在家里一样。"我使出更大劲揪她的头发，但是稳稳地揪住，不是猛地一扯。我不想把她的头发拔掉。"说啊，说：'你在哪儿？'大点声说，好把你姐叫来。叫她呀，让她来救你。喊她的名字，她来了我就放手。喊，喊啊！"

她摇着头，嘴角往下一撇，哭出声来。我看到她细小洁白的牙齿，婴儿的牙齿。我希望自己长一口结实的黄色大板牙。"你确实有舌头，"我说，"那就用啊。"我揪住她太阳穴上的头发，把泪水也从她眼里揪出来。"说'哎哟',"我说,"就说声'哎哟'。说'放手'。说啊,说吧。你要不说'放开我',我还揪你的头发。说'走开!',我就放开你。我会的。你说句话我就放开你。要知道,只要你愿意,什么时候让我住手都行。你只需要对我说,让我放手。只需要说'住手'就行。你就想自讨苦吃,对不对?你就想让我再揪一下。那好,我只好再揪一下了。说'住手'!"可她就是不说。我只好不停地揪她的头发,一下又一下。

她嘴里的确发出了声音,抽泣,哽咽,近乎词语的声音。鼻涕从她的鼻子里流出来,她想用手擦,可鼻涕太多了,她只好用袖子擦。"你真让人恶心,"我对她说,"瞧你这熊样儿,鼻涕邋遢的,可就是不肯说一个字制止我。真是废物透顶。"我转到她身后,拉拉她柔弱的后颈上的头发。我放开手,默默地站了好大一会儿,然后大叫一声:"说话!"我要把她的声音吓出来。要是她裹着小脚,脚趾蜷在脚掌下面,我就会跳起来猛跺她的脚——咔嚓——用我的铁鞋掌使劲一跺。她哭得很凶,出声地哽咽着。"喊'妈呀',"我说,"快点儿,喊'妈呀',说'住手!'呀!"

我用一根指头挑起她尖尖的下颏。"我不喜欢你。我不喜欢你吹笛子发出的有气无力的呜呜声。呜,呜。我不喜欢你连挥棒击球都不会。我不喜欢你哪个队都没人要。我不喜欢你不会握起拳头打绳球。你为什么不握拳?来呀,强硬起来,来呀,挥舞拳头。"我推一推她修长的手,那双手一荡,软塌塌地耷拉到身体两边。她手指纤长,我觉得可能多长了一个关节。这样的手指是不可能像别人那样攥起拳头来的。"握拳，"我说，"来呀，只要把指头蜷起来就行。拇指在外，其他的指头握在里面。说点什么。揪我的头发。你这么高，竟然由着我欺负你。"

"你想要块手帕吗？我可没地方给你找绣花或钩边的那种，但如果你向我要，我可以给你拿些卫生纸来。说吧，向我要。你要我就去给你拿。"她还是哭。"你干吗不尖叫'救命'？"我提醒她。"说'救命'，快说啊！"她接着哭。"好吧，好吧，不用说话，只要尖叫一声，我就放过你。叫一声感觉不挺好的吗？叫吧，像这样。"我尖叫一声，声音不太大。那声音砸在瓷砖上，反射回来，仿佛我将一块石头砸在地板上。小隔间张大嘴巴，坐便器张大嘴巴，显得更暗了。阴影以我从没见过的角度斜铺下来。天很晚了。说不定看门人已经把我和这女孩锁在里面，我们得在这儿过夜了。她乌黑的眼睛眨巴两下，盯住我，眨巴两下，盯住我。我饿得头发晕。我们在这个卫生间里已经待了一辈子。要是我不赶紧带妹妹回家，妈妈会打电话报警的。"你只要说一个字，我就放你走。"我说，"你甚至可以说'一'或'这'，我就让你走。说吧，求你了。"她已经不摇头了，只是不停地哭，泪水源源不断地流出来。我看见她的眼泪从两个小孔里涌出来。泪如泄洪，却没有一句话。我抓住她的肩膀，能捏到她的骨头。光线诡异地穿过嵌着铁丝护网的毛玻璃照进来。她的哭声像动物的哀号——海豹的哀号——在地下室里回荡。"你想一整夜都待在这里？"我问，"你妈正纳闷，她的小宝贝出什么事了，你不想让她生你的气吧？你最好说点什么。"我晃着她的肩膀，又开始揪她的头发，拧她的脸。"快点！说话！说话！说话！"我揪着她的头发，而她好像已经感觉不到了。"这里没别人，只有你和我。这里不是教室，不是操场，也没有一群人。就我一个人。你总可以在一个人面前说话吧。别逼我把你的头发揪得越来越狠，直揪到你说话为止。"但她的头发好像能拉长，她还是一句话不说。"我要使劲儿揪啦。别逼我再揪，不然把你的头发揪下来，你就成秃子了。你不想变成秃子吧？你不想成秃子，是不是？"

远处，城区边上，我听到汽笛在响。罐头厂在换班，下午班的工人下班了，而我们还在学校。那声音好凄凉——收工了。汽笛声沉寂下来，四周愈发寂寥。

"你为什么就是不说话呢？"我开始哭起来。要是我停不了手，大家都想知道到底发生了什么事，那可如何是好？"瞧你干的好事，"我训斥她，"你要为此付出代价。我想知道为什么。你得告诉我为什么。你没看出我是在帮你，对不对？你不想就这样当一辈子哑巴吧？（你知道哑巴是什么意思吗？）你就从来没想过进啦啦队？当啦啦队员？你靠什么养活自己？是啊，你得去工作，因为你做不了家庭主妇。当家庭主妇得有人娶你才行。可你呢，你就是棵植物。知道吗？你要是不说话，就是棵植物。你要是不说话，就不会有个性。你会没个性，没头发。你得让别人知道，你有个性有脑子。你以为会有人一辈子照顾你这笨蛋？你以为会一辈子靠你姐姐？你以为会有人娶你，对不对？可是没人会跟你这种人约会的，更别说结婚了。没人会注意你。你还得去面试，找工作，当着老板的面说话。

这些你不知道吗？你真蠢。我干吗在你身上浪费时间？"我抽抽噎噎地说着，哭个不停，也说个不停。我不断用胳膊抹鼻涕，因为不知道把毛衫丢到哪里去了（可能正是因为妈妈让我穿，我偏不穿来）。我感觉在那个地下室待了一辈子，对别人做了见不得人的坏事。"我这么做全是为你好。"我说，"不准告诉别人我欺负你。说话，求求你，说啊！"

我哽咽得上气不接下气，头都哭晕了。她的抽泣和我的抽泣被地板砖猛烈地反弹回来，有时候同步，有时候前后交错。"我不明白，你干吗一个字都不说?！"我哭着，恨得咬牙切齿。我膝盖发抖，抓着她的头发好站稳。以前有一次我回家晚了，只得从两个正在打架的黑人小孩身边绕过去。他们掐着对方的脑袋往水泥墙上嘣嘣撞。后来我又回到那地方，看水泥墙有没有被撞出裂纹。"听我说，你要是说话，我就送你礼物。我把铅笔盒送给你。我给你买糖，好不好？你想要什么？告诉我，只要你说出来，我就给你。只要你说'是'，或者'好'，或者说'鲁斯宝宝糖'。"可她什么都不要。

我不再拧她的脸了，因为我不喜欢摸她脸皮的感觉。万一把她的脸皮扯下来，我会疯的。到那时我只好坦白："我剥了她的皮。"

突然间，我听到有脚步声匆匆穿过地下室，她姐姐喊着她的名字跑进卫生间。"噢，你可来了。"我说，"我们正等你呢。我只是想教她说话，可她就是不配合。"她姐姐走进一个小隔间，撕了一把卫生纸给她擦脸上的眼泪鼻涕。随后我们又找到我妹妹，便一起走回家了。"你们家真该逼她说话，"我一路谆谆告诫，"你们不能这么惯着她。"

这世道有时还是公正的：那件事之后，我得了一场说不清道不明的病，在床上躺了十八个月。我不觉得疼，也没有症状，只是左手掌心中间的线裂成两段。于是我没有上初中，而是像我读到的维多利亚时代的隐士一样，过着足不出户的生活。家里从医院租来一张病床放在客厅里，我躺在上面看电视连续剧。他们摇着病床手柄把我抬高放低。家人悉心照顾我，除了他们，外人我一概不见。我可以不见客，不见亲戚，不见老乡。我的床靠着西窗，我观察窗外那棵桃树如何随四季转换变化。需要帮助时我摇铃叫人。我用便盆在床上解手。那是我一生中最惬意的一年半。什么都没发生。

但是有一天，我的医生妈妈说："你今天可以起床了。该起来上学去了。"我便出门走了走，手中挂一根用那棵桃树的枝子做的拐杖，练练腿脚。天空、树木、太阳都奇大无比——不再被窗户框住，不再被窗纱罩得灰蒙蒙的。我在路旁坐下，满心惊异——那夜色，那点点繁星。可一到学校，我还得想办法说话。我又见到那个被我折磨过的女孩。她没有变化，还穿着上小学时的衣服，留着一样的发型，举止也还那样。白生生、粉嘟嘟的脸仍是素面朝天，而别的亚裔女孩都开始贴双眼皮了。她仍然会朗读，只是上中学之后，朗读越来越少，几乎没什么机会了。

我以为没人会照顾她，可我错了。她姐姐做了打字文员，一直独身。她们和父母一起生活。除了看电影，她不需要出门。她有人养活，有家人保护，就像人们常做的那样，只要家里养得起，就不送女孩上学，免得她和陌生人、洋鬼子和男孩子搅在一起。

我们有那么多秘密需要隐藏。我六年级的老师喜欢给我们这些小孩解释事情，他让我们看自己的档案。记录显示，我幼儿园时不及格，一年级的时候没有智商——智商为零。我确实记得一年级的考试，老师大声念着什么，同学们就在女孩、男孩或狗的图画上打叉叉，而我却把那些画都涂成黑色。就是在一年级的时候，我发现自己的眼睛有控制力，可以靠视力把老师缩小到一英寸高，看他在地平线上比比画画，嘴巴一张一合。到了六年级，老师为人宽厚，我因为疏于练习，失去了这种特异功能。"看看你家以前的地址，想想你家的变迁。"他说。我看着父母的别名和出生日期，都和我知道的不一样。可是一看到爸爸的职业，我便大声说："嘿，他以前不是农民，他是个……"他是个赌徒。那个词卡在我的喉咙里——我在那位最善解人意的老师面前沉默了。有些秘密是绝对不能在洋鬼子面前提的，要是把那些秘密说出去，我们就会被遣返。

有时候我讨厌洋鬼子让我们不能说实话，有时候我讨厌华人那样鬼鬼祟祟。"别说出去。"父母说，尽管我们想说也没法说，因为什么都不知道。华人真的私设公堂，有自己的判官和刑罚吗？唐人街真的有信号旗，发暗号预告哪些偷渡客即将抵达旧金山湾，他们叫什么名字，他们坐哪艘船吗？"妈，我听有些小孩说有那样的信号旗，真有吗？那些旗是什么颜色的？在哪个楼上飘着呢？"

"没有，没有，根本没那样的旗。都是他们瞎说的。你就爱听人瞎说。"

"我谁都不会告诉的，妈，我保证。那些信号旗到底是在哪个楼上？谁插上去的？是同乡会吗？"

"我不知道。可能是旧金山同乡干的。我们镇的老乡不那么干。"

"那我们镇的老乡怎么干？"

他们不会告诉我们小孩子的，因为我们是在洋鬼子中间出生，受洋鬼子教育，沾染了洋鬼子习气。他们也把我们叫成某种鬼。洋鬼子都吵吵嚷嚷，信口胡说；吃饭的时候也说话，什么都说。

"我们是不是放信号风筝？这主意不错吧，哈？我们可以站在学校阳台上放。"不是那种不值钱的尾巴串在一起的蜻蜓风筝，我们可以放昂贵精美的风筝，天空中飘荡着金碧辉煌的中国色彩，好吸引洋鬼子的注意力，新移民就趁机溜上岸。别说出去。"千万别说出去。"

偶尔会有传言，说美国移民局在旧金山或萨克拉门托的唐人街设立办事处，敦促非法移民和偷渡客等各种持有假身份材料的人，到市里办合法的身份档案。移民们讨论要不要去自首。"去也好，"有人说，"那样我们就有真正的公民身份了。"

"别犯傻了，"其他的人会说，"这就是个圈套。你到那里说你想办合法证件，他们就会把你遣返。"

"不，不会的。他们保证了，没人会进监狱或被驱逐出境。你只要自首，他们就给你办合法身份，作为你诚实的奖励。"

"别信那一套。某某某相信了，就被遣返了，他的孩子也被遣返了。"

"他们能把我们送到哪儿去？香港？台湾？我从来没去过香港、台湾。去哪儿？"

"别说出去，"我父母告诫说，"那些人离开前，不要去旧金山。"

对美国人说谎。告诉他们你是旧金山大地震时出生的，告诉他们你的出生证明连同父母都被那场大火吞噬了。不要申明你犯过罪。告诉他们你没犯过罪，也不贫困。每次被抓，都要造个新名字。洋鬼子认不出你来。付给新移民每小时二十五美分的工钱，说我们这里没有人失业。洋鬼子没记性，眼神儿也不好。汉人是不会任人摆布的。

连好事都不能说，又怎么能打听反常的事呢？我们小孩子得根据妈妈摆出来的饭菜推测过什么节。她不会提前告诉我们，好让我们满怀期待，也从不解释给我们听。你只会记得，一年前的这个时候，你可能吃素来着；或者吃的荤，那么这就该是个吃荤的节日；或者你吃了月饼，或是细长的长寿面（这名字一语双关）。桌上摆上整只熟鸡，割断的脖子冲着天花板，妈妈在鸡前面摆出那么多双筷子和同样多的酒杯，我们知道那不是为我们准备的，因为餐具和家里的人数不一致，而且摆得那么密，我们根本坐不下。要在摆得那么密的桌前坐下，你的身体只能有两英寸宽，像一缕看不见的高高的烟柱。妈妈往那些酒杯里倒上施格兰王冠威士忌，过一会儿又将杯中的酒倒回瓶中，从不解释。华人怎么可能保留传统呢？他们甚至都不让你留意到，偷偷摸摸地搞个仪式，再趁孩子没发现有何异样时，匆忙收拾好桌子。你要是问，大人就会发火，或闪烁其词，或叫你闭嘴。没有人警告你头发上不能系白色发带，但你要是系了就会挨揍，吃一整天的白眼。你要是挥舞扫帚、把筷子掉在地上，或者拿筷子敲打桌子，同样会挨揍。你要是在某些天洗头，或拿尺子敲谁，或者从一个兄弟身上跨过去，那么无论你是不是正在来例假，都要挨揍。你猜想自己为什么挨揍，猜对了，就再不那么做了。但我想，你要是猜不出来也没什么。你照样能长大，管他什么鬼啊神的。"人不犯神，神不害人。"我不明白，他们是用什么办法把文化传承了五千年不断的。也许他们并没有传承，也许一直以来大家都是在创造自己的文化。要是靠别人告诉我们该怎么做的话，我们就不会有宗教，不会有孩子，不会有月经（性，当然是不能说的），不会有死亡。

我认为，说话还是不说话，是正常人与疯子之间的区别。疯子是那些不能解释自己行为的人。这里有很多疯姑娘、疯女人。也许我们镇是因为与外界隔绝才变得古怪。别处的华人——萨克拉门托的华人、旧金山的华人和夏威夷的华人——都不像我们这样说话。我们家周围的几个街区就有六七个女疯子，都是镇上移民家的人。

我们隔壁住着一个女人，一会儿喋喋不休，一会儿一言不发。就是她请我们这些孩子第一次去看"露天电影"。后来我们看到她身上冒出银色的热气，热气在我们眼前凝固。她让我们害怕，虽然她什么也没说，什么也没做。那次露天电影演到一半，她丈夫便把音箱从车窗扔出去，开车朝家里飞奔。她像一尊石像一样坐在前座，他得给她打开车门，扶她下车。她哐一声摔上门。他们进屋后，我们听到房子各处的门被哐哐地摔上。他们没有孩子，所以摔门的不是孩子。第二天，那女人消失了，人们说她被送到纳帕或艾格纽疯人院去了。每当一个女人消失，或者消失一段时间后重新露面，大家就悄悄提到"纳帕""艾格纽"。她以前也被关起来过。她丈夫把房子租出去，自己也走了。上次他离开镇子时还是单身。那次他是回老家买了她，跟她结了婚。如今她被关进了疯人院，人们说他去了中西部。一两年过去了，他回到纳帕，开车接她回家。他还从中西部给她带回一件礼物，一个华人与白人混血的男孩，大家说那是他的私生子。晚年得子，她十分开心，尽管我见过那男孩为了要糖果和玩具打她。她就是那个做好饭以后坐在台阶上安然去世的女人。

还有疯玛丽，她家信基督教。玛丽还在蹒跚学步的时候，父母便把她留在中国，来到金山。等他们置办了卡车，代替原先的拉菜的马车，攒够钱把她接过来时，她快二十岁了，而且已经疯了。她父母常念叨："我们本以为她那时候已经长大了，可还年轻，能学英语，帮我们翻译。"他们在美国生的其他孩子都正常，也可以为他们翻译。我庆幸自己是妈妈移民美国九个月之后生的。疯玛丽是个大块头的姑娘，脸上有颗大黑痣，那是福痣。痣长在脸上能把你往前引，痣长在后脑勺会把你往后拖。她好像很快乐，可总是指着虚空说那里有东西。我不喜欢看她的样子；你永远不知道会看到什么，不知道她会龇牙咧嘴做出什么鬼脸，或者你会听到什么——咆哮，还是狂笑。她像一头要抵人的公牛那样低着脑袋，眼睛躲在头发后面瞅你。她的脸白乎乎一团，因为她整天不出门，也因为我尽量不直视她。她脸上、头发上经常粘着饭粒儿。她妈把她的头发剪成齐耳短发，后脖颈上露出头发茬。她穿着睡衣，外面套件棕色粗毛线衫，扣子系得歪七扭八，还围了一条大围裙，不是那种干活的围裙，而是像婴儿围兜那样的。她趿拉着拖鞋，你能看到她露在外面的粗壮的脚腕、脚后跟和突出的脚筋。要是去她家，你得时刻留神，因为你不想她突然从墙角跳出来，张着手向你扑过来。她会突然从黑暗的角落里跳出来。家里有个疯姑娘，房间会上锁，窗帘也得拉下来。她身上有股味儿，那味儿在别人身上倒也未必惹人厌。整座房子弥漫着她的气味，一股樟脑丸儿。也许他们在她手腕上系了樟脑丸给她治病。我妈以前就经常在我们手腕上系了填了樟脑的梅干。上学的时候，手腕上的布条松了，里面掉出一团团一粒粒杂七杂八的东西，很叫我们难堪。疯玛丽的病情没有好转，于是也被关进了疯人院。她再也没被放出来。她家里人说，她喜欢住在里面。

妈妈经常带我们去一片河滩摘橘黄色的浆果。我们把浆果装在罐子和袋子里带回家，放进鸡蛋汤里。那不是一片荒滩，尽管上面长着水莎草、香蒲、狐尾草，还有小茴香和像蜜蜂一样肥嘟嘟、毛茸茸的黄甘菊。听说以前有人顺着流浪汉踩出的小径，分开高草往深处走，见到过死尸——流浪汉、寻短见的华人，还有孩子。肩头如浆果般红艳的红翅黑鹂落在一座木桥上，那其实是铁路的支架。当火车沉重地喘息着驶上木桥，黑色的蒸汽发动机像洗衣店的锅炉一般涨得快要爆裂，鸟儿们便像万圣节的鬼魂一样腾空飞起。

去河滩采摘的人不只是我们，有一个巫婆也去。我有个弟弟叫她皮阿娜，这名字没什么意义。在所有的疯女人中，她算得上村里的白痴，公认的傻子。要是妈妈同我们在一起，她会把巫婆轰走。我们依在妈妈身旁，或者躲在她身后，妈妈会对她说"离我们远点儿"或者"早上好啊"。皮阿娜就会乖乖离开。可要是我们自己在外面，她就会追我们。"皮阿娜！"我们尖叫一声，拔腿就跑，心里怕得要死，跑上流浪汉的小路，跨过铁路桥，穿过一条条街道。孩子们说她是巫婆，会行妖术，她要是逮住我们，就会把我们撕碎、炖烂，熬成恶心可怕的汤药，变成别的东西。"她一拍你的肩膀，你就不是你了。你会变成路边的一片玻璃，对路过的人一闪一闪地眨眼睛。"她胯下骑着一柄扫帚驰来，脸上一边涂红粉，一边涂白粉。她那乱蓬蓬的头发干叉叉地立在头顶，支到四边，虽说她已是老太太了，但头发仍然乌黑。她头戴尖顶帽，身上里一层外一层地披着斗篷、披肩和毛线衫，毛线衫也像斗篷那样只系脖子上的扣，袖子像香肠的肠衣一样在身后招展。她来河滩不是像我们那样为了采摘有用的药草和浆果，而是采集一捧捧的狐尾草、高大的野草和球茎生的野花。有时候，她把她的扫帚坐骑拎在手里当拐棍。秋天（秋天的她堪称本地一景），她"脚下生风，身轻如燕"，怀抱中狐尾草的种子崩裂纷飞，一缕缕白色的种子在她身后飞扬，如一群群小仙女在她头顶上翩翩飞舞。她飞奔起来如同流动的色彩，一层层衣服上下翻飞。她是个怒气冲冲的巫婆，不是快乐的巫婆。她很凶，说到底她不是仙女，而是魔鬼。她确实跑得飞快，快得像个孩子，尽管已是满脸皱纹的老太婆了，还是会从灌木丛中、汽车之间、房子之间冷不丁地纵身跳出，朝我们扑过来。我们小孩发过誓，不管哪一个被她追，坚决不要往家里跑。不管她拿我们怎样，我们都得向自己家相反的方向跑。我们不想让她知道我们住在哪里。要是跑不过她，甩不掉她，宁可一人送命。有一次，她瞧见我妹妹在我家院里站着，便推开门追她，直追到台阶上。妹妹尖叫大哭，拼命砸门。妈妈也吓坏了，赶紧放妹妹进屋，手哆哆嗦嗦地插上门，将皮阿娜锁在外面。妹妹哭叫了很久，直到妈妈给她叫过魂才平静下来。好在皮阿娜记性不长，后来再也没有找到我们家。有时候，只要看到一丛水莎草、芦苇和野草掺在一起，在风中起伏摇晃，我就十分害怕，害怕她躲在那里，是她抱着那些野草，或者要拨开那丛野草。有一天，我们意识到有阵子没有见到她了。从此我们再没见过她，就把她忘了。说不定她也被关进疯人院去了。

我曾经用孔雀翎做了一管羽毛笔，可后来发现，它摇摇晃晃的，酷似一株河滩上长的独眼野草，就再不用它写字了。

那时候我以为每家都得有个疯女人或疯姑娘，每个村子都得有个白痴。那我家的那个是谁呢？很可能是我吧。妹妹同外人说话比我还晚一年，但她干净利索，我却邋里邋遢。我的头发乱蓬蓬，脏乎乎。我的手很脏，还老打碎东西。我还患过那种说不清道不明的病。我总和脑袋中那些打打杀杀的人物讲话，同那些人在一起时，我是个轻率鲁莽的孤儿，白肤赤发，骑一匹白马。有一次我意识到自己太容易走神，沉溺于免费电影般的幻想，便想问问妹妹，像我这样在汽车声中听到对话，在白墙上看到西部电影，是不是正常。我尽量用漫不经心的口吻问："呃，你跟你脑子里那些并不真实存在的人讲话吗？"

"你说什么？"她问。

"没什么，"我赶紧说，"算了，没什么。"

我的妹妹，全世界和我最相像的人，简直像我的双胞胎，竟然说："什么？"

我做噩梦，梦见自己变成吸血鬼；一夜夜，獠牙越来越长，我的天使翅膀变黑，长出尖锐的棱角。我在参天密林中猎捕人类，我的黑影罩住他们。我眼中滴着泪，獠牙上却滴着血，那是我本应该爱的人的血。

我不想做家里的疯子。那些大嗓门的女人经常叽叽喳喳地来到我家："等你们哪天卖孩子，我想买她当我的丫头。"说着，她们哈哈大笑。她们说的总是我妹妹，不是我，因为我当着她们的面打碎盘子，做菜端饭的时候会抠鼻子。我们家开洗衣店，可我的衣服却皱巴巴的。确实，我一天比一天古怪。我装瘫。当然，我还患过那说不清道不明的病，说不定会旧病复发，还会传染。

可是，假如我故意让自己在美国卖不出去，我父母只需要等到回老家，到时候他们就能甩掉我们这些包袱，甚至连我也脱得了手，嫁得了人。所以当大人们流着泪读信，我就心中窃喜。只要姑姑婶婶们仍然失踪，我父母就会在金山滞留下去。我们可以用回国的路费买车，买椅子，买音响。没有人写信告诉我们，他们将那些拒绝听从父母之命嫁给商人的妇女放出监狱。没人告诉我们革命（解放）

反对奴役女孩，反对杀害女婴（如果生男孩，则会全村欢宴庆祝）。女孩们不用宁可死也不嫁人。但愿他们也会在女孩的生日张灯结彩。

我眼见着父母买了一张沙发，其后是一块地毯，几幅窗帘，然后是几把椅子，于是那些装橘子苹果的箱子退居二线，如今只用来装东西。很好。开始第二个五年计划的时候，我父母买了辆汽车。但你会看到亲戚和老乡们越来越担心该拿女孩们怎么办。我们有三个堂侄女，她们家没有男孩，她们的曾祖父与我们的祖父是兄弟。与她们一起生活的老头是那位曾祖父，正如与我们一起生活的老头是那个当过水寇的叔公。我们姊妹几个去她们家，便会有六个女孩坐在一起吃饭。那老头坐在上座，圆睁双目瞪着我们，环视一周，脖子上青筋暴跳。"蛆！"他吼道，"蛆！我的孙子在哪里？我想要孙子！给我孙子！蛆！"他挨个儿指点着我们："蛆！蛆！蛆！蛆！蛆！蛆！"然后他埋头吃起来，飞快吃完，又盛第二碗。"吃吧,蛆！"他说，"瞧这些蛆在嚼饭！"

"每顿饭他都来这一套。"女孩们用英语告诉我们。

"是啊，我们家老头子也讨厌我们，真混蛋。"

但三叔公最后还是有了个男孩，他唯一的重孙子。老头和男孩的父母给他买玩具，什么都买——新尿片，新兴的纸尿裤——不用家里做的尿片，不用面包口袋。男孩满月的时候，他家请镇上所有的移民同乡吃酒席。他们故意不给女孩过满月，好不让人注意他们家又生了个女孩。她们的弟弟有大到能坐进人去的玩具卡车。等他大了点，有了一辆自行车，才把他用旧的三轮脚踏车和婴儿车让给女孩们玩。我妈妈给她们姐妹几个买了一台打字机。"她们可以当打字员。"她们的父亲老这么说，可就是不给她们买打字机。

"真混蛋。"我嘟囔道，就像爸爸弄丢顾客的袜子被人家絮叨时说"狗嘴胡吣"的口气一样。

也许妈妈担心我把那类话说出声来，才会把我的舌筋割断。如今他们又制订紧急计划，要把我治好，改善我的嗓音。一天，镇上首富的老婆来洗衣店听我说话。"你们最好给她治治，"她对妈妈说，"她声音真难听，嘎嘎的，就像干榨鸭。"说罢她用毫无必要的严厉眼神看着我。华人不必直接对孩子说话。"你这种声音，我们叫干榨鸭嗓。"她说。这个女人给人取美国名字，她很会给人取名，尽管取的是美国名，我父母给人取中国名字。她说的没错：如果你捏一捏挂在东窗上风干的鸭子，它就会发出跟我的嗓音一样的声音。这女人很有势力，是她家的人把我们带到这里，帮我们找工作，我们移民和移民后代永远欠她家的情。而今她还给我的声音取了名字。

"不是，"我嘎着嗓子说，"不是，我不是鸭嗓。"

"别顶嘴。"妈妈呵斥我说。这女人说不定有本事把我们遣送回去呢。

我到洗衣店外间卖力地干起活来，她走的时候我不礼貌地没理睬她。

"那嗓音得好好改改，"她谆谆教导我妈，"不然就嫁不出去。连那些缺心眼的杂种鬼都不会要她。"由此我发现了他们摆脱我们的另一项计划：不等回去，就在这里把我们嫁掉。一说到结婚，移民们的乡巴佬脑袋瓜便想到一处去了。那天夜里晚些时候，我们从洗衣店走回家。大家本该锁上门在家睡觉的，却都涌进同乡会馆前的街上，只见会馆中灯火通明。我们攀着彼此的胳膊，踮起脚尖，透过门口看到聚光灯照耀着几位身材高挑、周身金片闪烁的戏剧演员。旧金山来的戏剧！香港来的戏剧！通常我听不懂戏里在唱什么，可能是因为我们的方言太难懂，或者是因为我不懂他们的方言。可是这一回我听出了一句唱词，那嘹亮高亢、清脆如冰的女声在夜色中回荡。她站在椅子上唱着："打我，那来打我呀！"观众们笑得眼泪直流，铙钹铿锵，如同龙王洪亮的笑声，砰砰的鼓声如同鞭炮。"她演的是新媳妇。"妈妈解释道。"打我。那来打我呀！"她反反复复地唱。那一定是叠句，她每唱一遍，观众便一阵爆笑。男人笑，女人也笑。他们听得十分开心。

"中国人会把恶媳妇扒光衣服，身上抹上蜂蜜，捆在蚂蚁窝上。"爸爸说，"媳妇不听话，丈夫可以杀掉她。孔夫子这么说的。"孔夫子，明事理的男人。

我还以为那演员的声音和我说话的声音很相似，可当她拔高嗓音演唱时，大家都说："啊，美啊，真美！"

回家的路上，那些叽叽喳喳的老太太摇头晃脑地唱起一首民歌，逗得大家哄笑不止：

嫁鸡随鸡，

嫁狗随狗，

嫁根棍子嫁根杵，

死心塌地跟他走。

　　我听说有年轻人在《金山新闻》上登征婚启事，我父母开始给他们写信。突然间，洗衣店里出现一个又一个的新工人，每个干一星期便没了影。他们和我们一起吃饭，和我父母说汉语。他们不跟我们说话。虽说非亲非故，我们却得叫他们"哥"。他们都是模样怪异的新移民，学校里美籍华人孩子管这些年轻的移民叫"刚下船的"。"刚下船的"穿灰色的高腰休闲裤，挽起袖子的白衬衣。他们眼神躲闪，目光游移，嘴巴半张着，而不是下颏绷紧，阳刚气十足。他们剃掉了鬓角。女孩们说，她们绝对不会和刚下船的谈恋爱。我妈妈把一个这样的人从洗衣店领到家里来，我看见他在翻看我们的照片。"这个。"他挑出妹妹的照片说。

　　"不，不，"妈妈说，"这个。"我的照片。"老大先嫁。"她说。好，我成了绊脚石。这样我既保护了自己，又保护了妹妹，一举两得。妈妈和那个刚下船的坐在餐桌旁说话的时候，我打碎了两个盘子。我找出拐杖，拄着它在厨房里一瘸一拐地走。我嘴歪扭着，手里绕着纠结的头发。给他递碗的时候，我把汤洒在他身上。"可她会做针线，"我听到妈妈说，"还会扫地。"我在刚下船的椅子周围和下面扫，扬起一团团尘土——那会带来霉运，因为扫帚中住着扫帚星。我趿拉上鞋，鞋舌头耷拉着，像酒鬼一样趿着鞋走过来走过去。从那之后，只要那些婆婆妈妈在聚会上谈论婚嫁，我便趿拉着鞋出场。

那个刚下船的和我父母不理睬我，他们半像鬼魂，半是无形。可等他一走，妈妈就开始吼我，说我干巴巴的鸭嗓，一副坏脾气，又懒惰又笨手笨脚，读书读傻了。年轻人不再上门，一个也没再来。"你就不能不揉鼻子？"妈妈训斥道，"镇上的女人都在议论你的鼻子。她们都不敢吃咱家的馅饼了，怕是你揉的面。"可我却不能想停就停，鼻梁上揉出一道横纹来。然而我父母并不轻易罢休。"虽然你看不见，"妈妈说，"你脚腕上的红线拴着那个将来要和你结婚的人。他已经出生了，就在红线的另一头。"

在中文学校，有个脑子迟钝的男生，我走到哪儿他跟到哪儿，很可能他以为我和他是一类人。他有张硕大的脸，说话如号叫。笑声从他那肥厚无比的身体深处发出来，等传到嘴巴里时，从表情上已经弄不清他是哭是笑了。他像狗一样不高兴地嗷嗷乱叫。他不上课，而是在操场上逛荡。我们怀疑他不是男孩，而是个成年男人。他像男人一样穿一条肥大的卡其布裤子。他带着一袋袋玩具送给某些同学。无论你要什么，他都会给你——崭新的玩具，像你过穷日子时能想到的那样应有尽有，你小时候从没见过的形形色色。我们列出清单，讨论，比较。不招他喜欢的孩子托别人把清单给他。"这些玩具你是从哪儿搞到的？"我问他。"我……开……店。"他大着舌头，一字一顿地吼道。交给他订单后的第二天课间，我们会领到彩色画图本、成套的颜料、工具模型。可有时候他会追我们——肥滚滚的胳膊挥舞着，粗胖的指头一张一合，腿像科学怪人一样僵硬，脚像木乃伊似的拖着，他咆哮着，又像哭又像笑。那时我们就得跑，老规矩，朝自己家相反的方向跑。

可是突然间，他知道我们干活的地方了。他找到我们，可能是在到处乱逛的时候跟踪过我们吧。他开始到洗衣店坐着。很多开店的人会请人去店里坐坐，但没有谁会来洗衣店坐着，因为里面闷热难耐，而且不在唐人街上。他大汗淋漓，气喘吁吁，粗胖的后脖颈上的头发茬和下巴上的胡子茬一起一伏。他搬来两个大纸箱，摞起来坐在上面。他向我父母问声好，便稳住沉重的脑袋，小心翼翼地放下身子，在纸箱上落座。我父母听之任之，既不赶他出去，也没有议论他有多古怪。从那之后，我再不从他那儿订玩具，也不再瘸着腿走路，那样只会让我父母以为我和这傻蛋是天生一对。

我发奋读书，门门拿优等，可好像没有人看出我很聪明，跟这个怪物、这个天生的智障毫无共同之处。学校里有人约会、跳舞，可懂事的华人女孩是不会做那些事的。"你不仅要发展智力，还要培养社交能力。"美国老师把我拉到一边，对我说。

我没向任何人提过那个怪物。别人也不提；对那些在洗衣店里出现又消失的工人，大家只字不提，也不提坐在店里的那个人。也许这些关于结婚的古怪想法都是我自个儿瞎想的，别人并没有想过。那我还是不提为妙。别告诉他们，别声张。

我熨衣服——一篮篮宽大的必唯帝牌男式内衣，即使夏天也有长袖内衣、T恤衫、运动衫。洗衣店的活计都是男人的衣服，未婚男人的衣服。我后背难受，因为正冲着那个分发玩具的妖怪。他那摊蠢笨的肥肉散发出令我智商降低的病菌，他像蚂蟥一般从我后脑中吸走智力。他经常在下午挪动着笨重的身躯到洗衣店来，我便调换了上班时间，让弟弟上下午班。他竟然发现了，开始到凉快的夜班来找我。后来我又调回下午班，或者在周末和夏天上早班，尽量躲着他。我让妹妹不离我左右，好保护她，但没告诉她原因。要是她没有注意到，我干吗吓唬她呢。我会说："咱俩今天早上打扫卫生吧。"我们的另一个妹妹还小，而弟弟们是没有危险的。这个半傻子会贼溜溜地来到我们这条街上，笑嘻嘻的大饼脸贴在洗衣店窗户的字母之间，看到我在干活，便一斜膀子顶开门进屋。夜晚，我觉得听到他慢吞吞地在房子周围转悠，蹭得碎石路嚓嚓响。我坐起身，倾听家里的看门狗拖着长链子在院子里巡逻，这也让我担心。我得想办法，那链子太重，把狗脖子上的毛都磨短了。要是它在巡逻看家，为什么不叫呢？也许外面有人给它生肉吃，把它驯服了。我孤立无援。

每天，那大块头的家伙从饮水机中喝水，还要去上一次厕所。他从熨烫机之间磕磕绊绊地穿过，走到洗衣店后面，一双大鞋踏在地上哐咚哐咚地响。这时我父母就开始谈论他的箱子里到底装了什么。是装满了玩具？还是钱？厕所中冲水声一响，他们就不吭声了。可是有一天，不知是他在厕所里待了很久，还是出去逛了，箱子撂在那里没人看着。"咱们打开看看吧。"妈妈说。她真的打开了。我站在她身后张望，见两个箱子里塞满了黄色刊物——裸体杂志，裸体明信片，裸体照片。

你以为她会当场把他轰走吧，可我妈竟然说："天哪，他还不算太傻，还想搞明白女人是怎么回事呢。"我听到那些老太太议论，说他傻归傻，可是很有钱。

也许因为我被挑断舌筋，舌头变灵活了，便在心中列出一个清单，上面有二百多件我想告诉妈妈的事，那样她就能了解真正的我，我也不会憋得嗓子难受了。刚开始数的时候，只有三十六件事要讲：我祈祷有一匹属于自己的白马——白色的，不吉利的丧气的颜色。而因为祈祷，我又开始留意在公园里分发"圣卡"的穿黑白两色袍子的修女所信奉的神。我真希望自己有匹马，那样我头脑中的电影就可以一步步变为现实了。我要告诉妈妈，我欺负过一个女孩，把她逼哭了。我从店里的收银机里偷钱，给我认识的所有人买糖吃，不只是弟弟妹妹，还有陌生人和洋鬼子的小孩。是我一气之下拔了园子里的洋葱。我从梳妆台上一头栽下来不是意外，而是想飞起来。还有我在中文学校跟人打架的事。还有修女们老在中文学校对面的公园拦住我们，告诉我们要是不受洗，便会堕入类似道家讲的九重地狱的地狱中，永世不得翻身。还有大人去洗衣店的时候，我们在家里接到过下流电话。还有学校里的墨西哥和菲律宾女同学去"忏悔"，我多羡慕她们每到星期六可以穿上白色连衣裙，羡慕她们有机会悔罪，甚至只是些罪恶的念头。要是我能让妈妈知道这个清单上的内容多好啊，那样她——还有世人——就会和我更相似，我就再也不觉得孤单了。我会挑一个时间，趁妈妈一个人在的时候，一天对她讲一件事，那样不用一年就能讲完。要是讲的事太痛苦，或者惹她生气，我就会像那些信天主教的女生一样，每星期讲一次，每次讲五件事，那样的话一年还是讲得完，也许只用十个月就行。妈妈最安宁的时间是晚上，那时候她给白衬衣上浆。夜里的洗衣店很干净，灰色木地板上喷了水、撒上湿锯末，打扫得干干净净。她不会跑来跑去，而是坐在浆衣盆旁边拧衬衣。爸爸、妹妹和弟弟们也各忙各的，缝补、折叠、装袋。浆衣盆里冒着蒸汽，空气也终于凉下来。对，那样的时机和地点，正适合讲那些事。

我还想问问，为什么我们家女人的左脚小脚趾的趾甲是裂开的。每次问父母这件事，他们总是尴尬地瞟一眼对方。我似乎听到他们俩中有一个说："她没有逃得了。"我便遐想，我们都是一位女祖先的后裔，有人想强奸她，她便逃跑，结果撞伤了脚趾，跌倒在地。我想问妈妈，我猜的对不对。

我在一柳条筐的衬衣和墙之间的空地上盘腿坐下。我已经拿定主意，要从最容易的事开始说——我在白墙上拍死过一只蜘蛛，那是我头一回杀生。我口齿清晰地说："我打死过一只蜘蛛。"这没什么大不了的，她没有打我，也没有往我身上泼浆水。我自己听着也没什么。真是奇怪，当时我可是感到死亡的感觉穿透手心，进入我的身体，感觉我也必死无疑。所以我当然得接着说，让她知道那件事对我曾经有多重要。"我每天都回去看看墙上的那摊污迹，"我说，"那是在咱家老房子里，我五岁前咱们一直住在那座房子里。我每天都到那面墙那里看看，仔细端详那摊污渍。"她什么都没说，还在拧衬衣的浆水，我心里一阵轻松，愉快地走开了。只剩二百零六件事需要讲了。第二天，我一整天都谨言慎行，免得做出什么或遇到什么事，使清单上的事又变回二百零七件。我要先讲几件无足轻重的事，然后再慢慢讲到我揪那女孩头发的事，还有得病的那一年我过得多舒心。要是有那么容易，说不定我会不假思索地一天讲好几件，也许先讲件容易的，再搭上件难以启齿的。我可以按发生的顺序讲，也可以由易到难或者由难到易，看心情吧。第二天晚上，我讲到我一直暗示一个洋人女孩，说我多想有一个自己的洋娃娃，直到她给了我一个脑袋跟身子断开的娃娃，让我自己粘起来——并不是她主动大方地送给我的，而是我旁敲侧击的结果。但到了第五个晚上（有两晚我没有讲，算是对自己的奖赏），我决定讲一件真正难以启齿的事，于是我讲到那匹白马。忽然间，那种鸭嗓又冒出来，我和家里人说话是不用那种声音的。"妈妈，那东西叫什么来着？"我用公鸭嗓对妈妈说，"一个人小声对圣人们的头头——不，不是圣人，更像是佛，但也不是真正的佛（他们总是住在天上，从来不像佛那样化身为人）——你向他们小声说话,向他们的头头,向他们要东西？他们像法师吗？你向法师的头头祈求东西，那叫什么来着？"

"大概是'祈求大法师'吧。"

"我那样做过，对,就是那么回事。我那样做过。我祈求大法师,求他给我一匹白马。"好了，终于说了。

"哦。"妈妈一边说，一边挤掉衬衣领口袖口的浆水。可我说完了，她却好像没听到一样。

可能她没听懂。我得说得更明白些。我讨厌那样做。"我跪在里面的床上，在洗衣店的卧室里，像在漫画书里看到的那样向上伸着胳膊。"一天夜里，我听到有怪物在厨房里走动，我向电影中的神——就是墨西哥人和菲律宾人的神，像《上帝保佑美国》中的那个神一样——保证说，只要他救我这一次，我就再也不看漫画书了。我违背了诺言，这也得告诉妈妈。"就用那样可笑的姿势，请求他赐给我一匹马。"

"哦。"妈妈点头应道，手还是不停地在浆盆中浸衬衣、拧衬衣。

没讲的那两个晚上，我也坐在地板上，只是一句话都不说。

"妈妈。"我嘎着嗓子小声说。

"你这样喊喊喳喳，真让我受不了。"她直盯着我说，手中拧的衣服也停下来，"每天晚上唠里唠叨，没头没脑。你还是闭嘴吧，到一边干活去。喊喊喳喳，喊喊喳喳，净是些疯话。疯疯癫癫的，我可不想听你这些疯话了。"

于是我只好打住，心里多少轻松了些。我闭上嘴，但觉得喉咙中有什么活物在撕咬，一口接一口，从里往外撕扯。不久，那些事积攒到三百件，恐怕来不及在妈妈年老去世前讲完了。

我很可能搅扰了她的安宁，当锅炉和熨衣机都关掉，飞蛾和蟋蟀伴着凉爽的夜风扑打窗户，这正是她的静谧时刻。没几个顾客来。她浆洗衬衣，准备第二天熨烫，也许此时她正与自己头脑中的人物一起纵横驰骋。这也许能解释为什么她好像离得那么遥远，不想听我唠叨。"让我静一静。"她说。

那个大块头，那个弓腰驼背的家伙，又搬来一只纸箱搁脚。他拍拍箱子，弯腰坐在那堆恶心的东西上等着。我的喉咙一直疼，声带紧得快要绷断。一天夜里，洗衣店的活儿特别忙，全家都在店里吃晚饭，围着一张小圆桌挤坐在一起，我的喉咙突然崩开了。我站起身，激动而飞快地说个没完。我直瞪着父母，叫道："我要你们叫那个大块头，那头黑猩猩，马上滚出去，别再来烦我们！我知道你们打算干什么。你们以为他有钱，咱家穷。你们以为我们古怪，不好看，不聪明。你们以为可以把我们处理给怪物。妈，你最好别这么干。我明天不想在这里再见到他，还有他那些下流的箱子。我要是再在这里看到他一次，我就走！反正我会走，我会的。你听到没有？我可能长得丑，笨手笨脚，但有一条我绝对不是，我不是弱智。我的脑子没有一点问题。你知道我那些洋鬼子老师怎么说我吗？他们对我说，我很聪明，我能得奖学金，我可以上大学。我已经申请大学了。我很聪明，什么都会做。我知道怎么拿优秀，他们说，只要我肯努力，就能当科学家或数学家。我可以自己谋生，可以照顾自己，所以你们不用给我找个笨得被人坑了都不知道的人来养活我。我很聪明，他们让我写十页，我就能写十五页。我能把洋鬼子的事做得比洋鬼子还出色。不是所有人都认为我没用。我不会当人家的奴婢或老婆。就算我笨，说话可笑，还得过病，我也不会让你们把我变成谁的奴婢或老婆。我要离开这里，这里的生活我再也受不了了。都怪你们，我才说话这么怪里怪气。我幼儿园不及格，就是因为你们不教我说英语，让我的智商得了零蛋。但是我现在智商提高了，现在他们说我很聪明。我在学校一切都很好。老师们讲故事，教我们怎么写论文。我不需要别人帮我念英语单词，我自己知道怎么念。我会得奖学金，我会离开家。上了大学，我可以和我喜欢的人交朋友。我才不在乎他们爷爷的爷爷是得肺结核死的，我才不在乎四千年前他们是中国的敌人。所以，把那头大猩猩轰出去。我要上大学。而且我也不再上中文学校了，我要在美国学校里竞选职位，我要参加俱乐部。我要在档案上有足够的职位，参加足够多的俱乐部，好申请上大学。不管怎么说，我再也受不了中文学校了。那里的小孩又无赖又刻薄，整晚打架。而且我再也不想听你们讲故事了。那些故事没有逻辑，搞得我头昏脑涨。你们用故事撒谎，你们讲完故事从来也不说'这是真事'或者'这只是个故事'。我分不出真假。我甚至都不知道你们的真名是什么。我分不清哪些是真的，哪些是你们编的。哈！你不能不让我说话。你们还想割我的舌头，可这不管用。"于是我干脆把清单上最难说出口的十件或十二件事一股脑儿说了出来。

我妈是嘴上最不吃亏的，当然和我对着喊。"你这傻瓜，我割你的舌筋是为让你说得更多，不是更少。你还是笨啊！听不出别人说的是什么。我什么时候说过要把你嫁出去了？我说过吗？我什么时候提过？跟报纸上登广告的人联系是为了给你妹妹找，不是给你。谁要你啊？谁说我们可以卖你？人是不能卖的。你连玩笑都听不出来吗？你连真话和笑话都分不清。你没那么聪明，真假都分不清。"

"我绝不嫁人，绝不！"

"谁愿意娶你？唧唧呱呱，说话像个鸭子。不听话。邋里邋遢。我知道大学是怎么回事。你怎么就知道你是第一个想上大学的人呢？我当过医生，我上过医学院。我不明白你干吗非当数学家。我不明白你干吗不像我一样当医生。"

"我受不了有人发烧、说胡话，或者听刚从麻醉中苏醒的病人说话。可我也没说想当数学家，那是洋鬼子老师说的。我想当伐木工和新闻记者。"不妨把清单上别的内容也和盘托出。"我要白天砍树，晚上写关于木材的文章。"

"要是干这两样，干吗还要上大学？别人家都把女孩送到打字学校去。'想做美国女子，就去学习打字。'你干吗不上打字学校呢？你的表妹们和镇上的女孩都要上打字学校。"

"你们少管妹妹的事！你们要是再在广告上给她找对象，我就带她一起走！"我的清单已经颠三倒四乱了套。当我扯着嗓子说出来时，发现有些已是十年前的想法，现在我早已经改了主意。可它们还是用戏曲演员的调门一泻而出。我听见锣鼓喧天，铙钹齐奏，铜号嘹亮。

"你才少管妹妹们的事！"妈妈说，"你老领她们到处跑，因为你，我都报过两次警了。"此时，妈妈正扯着嗓子说我打算说的话——我带弟弟妹妹去陌生人的房子、洋人小孩的家里和闹火灾熏黑的鬼屋探险。我们去过墨西哥人的房子，红发人的房子，但没去过吉卜赛人家；我只在脑袋里放电影的时候看到过吉卜赛人家里是什么样。

我们去河滩探险，在那里发现了流浪汉的窝。妈妈准是跟踪过我们。

"想不到你会变得这么古怪。我给你治好舌头，指望你嘴甜，招人喜欢，可你见了镇上人都不知道问声好。"

"他们也不跟我问好。"

"他们用不着向小孩问好。等你老了，别人也会主动向你问好。"

"等我上了大学，招不招人喜欢就不重要了。长得丑也没关系，照样能念好书。"

"我没说你丑。"

"你老说我丑。"

"那是因为大家都那么说啊。中国人就是这么说话。我们爱说反话。"

告诉我这一点，似乎让她难受——清单上又添了条让我内疚的事，需要向妈妈坦白。突然间，我感到惶惑和孤单，我正把清单上的事告诉她，可越说那清单就越长。没有一个更高的倾听者。除了我自己，没有人倾听。

"胡扯鬼！"她吼道，"胡扯鬼！走吧，滚出去，你这胡扯鬼，滚。我早就知道你不是好东西。胡扯鬼。"弟弟和妹妹已经离开餐桌，爸爸不看我，不理睬我。

说话要小心。说出的话会应验的，会的。我只得离开家，好用符合逻辑的眼光看世界，逻辑是看待事物的新方法。我渐渐明白，神秘的事物有待解释。我喜欢简单。我口中涌出水泥，用一目了然的高速公路和人行道覆盖住蓊郁幽深的森林。给我塑料，给我元素周期表，给我电视节目中教人做的菜，那些菜简单易学，不会比青豆炒胡萝卜丁更复杂。用探照灯照亮黑暗的角角落落，将鬼魂赶走。

我一直在查"胡扯鬼"（Ho Chi Kuei）这个词，那是移民对我们的称呼。胡扯鬼。"喂，胡扯鬼，你犯什么傻呢？""你真是个胡扯鬼。"不管我们做什么，他们总这么说。他们一般会亲热地叫男孩子"狗"，可"胡扯鬼"比"狗"更复杂（因而也更糟糕）。他们叫女孩子"猪""臭猪"，而且总是没好气。那位水寇叔公甚至也叫我二弟"胡扯鬼"，可他好像又最疼我二弟。那位满口叫"蛆"的三叔公甚至冲他那个独苗孙子吼："胡扯鬼！"我不知道该找哪个人问又不会招来呵斥或嘲笑，于是我去查书。迄今为止，我找到的关于"ho"和（或）"chi"的翻译有："蜈蚣""蛆""杂种鲤""鸣虫""枣树""白鹳鸰""筛子""陪葬品""睡莲""炸熟""禁食者""箕帚"（但和"妻子"同音）。但我也可能拼错了，应该是"Hao Chi Kuei"，兴许他们是叫我们"好基鬼"。移民们的意思可能是，我们生在金山，根基好。有时候他们会因为我们一切得来太容易而训斥我们，有时候又为我们高兴。他们还称我们为"竹心"或"竹节"，能阻断水流的竹节。

我喜欢查书，把一些麻烦的、丢脸的事搞明白，然后说："哦，就这些？"在冲父母大喊大叫一番后，书中简单的解释使我不那么害怕回家。那些解释驱走恐惧，也使有朝一日回国成为可能。我得知如今那儿已经不再买卖女孩，也不会无缘无故地杀人了。

如今，我看到的颜色更淡，色彩种类更少，空气闻起来像防腐剂的气味。镇上人说他们看到地下室里有一个女孩在跳舞，如瓶中的精灵，如今我透过地下室的窗户窥视，却再也看不见以光束为裙的精灵，而是一个女孩在默默跳舞，以为没有人看她。就在我说要轰走那个弱智、那个驼背的第二天，他消失了。我再没见过他，也没听说他后来怎样了。也许他也是我臆想出来的，我原先看到的根本不是中国人眼中的景象，而是孩子眼中的景象，那种景象无须我挣扎，早晚会自动消失的。可我的嗓子还时时憋闷难受，直到把真实想法说出来才痛快，也不管会不会因此丢掉饭碗，也不在乎在大庭广众之下口沫横飞。申请工作的时候，我不再看需要"双语"的职业。中华航空的面试官考我任何一门方言我都听不懂，我说的他也听不懂。我希望哪天能去一趟新会，搞明白到底在多大方圆里的人才说我那种方言。我一直想厘清：究竟哪些是我的童年、我的想象、我的家庭、我们镇的事，哪些只是电影场景，哪些只是人生的经历。

我想不久就要去看看，搞清楚谁在说谎——我妈去给人摘西红柿，挣了钱寄到香港。香港的亲戚再寄给健在的姑姑、姨妈和她们的孩子。要是收成好，妈妈还要寄钱给爷爷两个小老婆的儿女和孙子孙女。"每个在西红柿地里干活的女人都要往老家寄钱。"妈妈说，"寄给中国的村庄，墨西哥的村庄，菲律宾的村庄，而如今，还要寄给越南的村庄，那里的人也说汉语。女人们不管身体好坏，都去干活。她们说：'我可不能死，我现在养活五十口人呢。'或者：'我养活一百口人呢。'"

总有一天，我继承的会是一本写满名字的绿皮通讯录。我会给亲戚寄钱，他们会给我写信。妈妈把她父亲三姨太的小儿子的信撕了。信中要她寄五十美元买自行车。他说一辆自行车会改变他的生活。有了自行车，他就可以养活老婆孩子。"我们自己都要饿肚子了。"妈妈说，"他们不明白我们自己也要吃饭啊。"我一直在挣钱，我想下一步该轮到我了。我想去看看那些人，搞清楚他们哪些话是真的，哪些是骗人的。我奶奶真的活到九十九？还是他们故意用这根线牵了我们这么多年，好要我们的钱？我们这些海外华侨寄的钱，亲戚们是跟全公社的人平分吗？还是说他们交百分之二的税，其他的自己留下呢？他们要是能照顾好自己人就好了，那样我就可以买台彩电了。

　　下面这个故事是妈妈讲给我的，不是在我小时候，而是最近讲的，当时我告诉她我也讲故事。这故事是由她开的头，由我结的尾。

　　那是在中国，我外婆酷爱看戏（妈妈说，就我那点儿七年级词汇，那些戏我是看不懂的）。戏班子进了村，搭起戏台，外婆就会买下戏台跟前很大一块地盘，足够让我们全家坐下，还能再摆上一张床。她便没白没黑地看，连重复的剧目也不错过。

　　可这样是有危险的，大家都去看戏，家里人少，匪徒便会趁机打家劫舍。匪徒总是尾随戏班而至。

　　"可是奶奶，"家里人抱怨道，"咱们一走，土匪会来偷桌子的。"椅子都被搬去看戏了。

　　"你们都给我去看戏！"外婆气呼呼地喊，"包括丫头，人人都去。我可不想一个人孤零零看戏。我一个人笑个什么劲儿？你们想让我一个人在那儿拍巴掌，是不是？你们都给我去，包括小孩子，统统都去！"

"土匪会把吃的都抢光的。"

"随他们抢！做好饭，带着去看戏。你们要是这么担心土匪，要是为了个把土匪不能专心看戏，那就敞着门走。窗子也开着，把家里四敞大开。我要你们把门都打开，都给我无牵无挂地看戏去。"

于是家里四敞大开，全家人都去看戏。果不其然，那一夜土匪来袭——不是去家里抢，而是去戏场子抢。"有土匪啊！"观众尖叫着。"有土匪啊！"唱戏的尖叫着。我们全家人四散奔逃，外婆和妈妈搂在一起跳进路旁的壕沟里。她们趴在沟里躲着，因为外婆裹了小脚跑不动。她们见一个土匪拿绳子捆我小姨爱兰，眼看就要把她拖走，却突然丢开她。"这个更漂亮！"说着，他揪住另一个人。黎明时分，外婆和妈妈好不容易赶回家，这时全家都平平安安回来了，证明外婆说的没错，只要家里人去看戏，就能消灾避难。打那以后，他们又看了很多戏。

我喜欢这样想，家里人就是从看的戏里听到了蔡琰的歌。蔡琰是女诗人，生于一七五年，她父亲蔡邕是位学者，以藏书而闻名。蔡琰二十岁时在南匈奴的一次突袭中被一位单于掠走。当匈奴部落像被鬼魂追逐般从一片绿洲迁往另一片绿洲时，单于让她与自己同骑，坐在他的马鞍后，她只得搂住他的腰，免得从马上摔下去。她怀孕之后，他捉了一匹母马送给她。蔡琰对远处的战斗很漠然，可一旦遭遇近身肉搏，她便发疯似的见人就杀。匈奴是个马上作战的部落，会一窝蜂杀进村庄或营地。她在沙地上生下孩子。据说胡人妇女能在马鞍上生孩子。滞留胡地十二载，她生了两个孩子。孩子们不会说汉语，有时她趁他们的父亲不在帐篷里对他们说汉语，可他们根本听不懂，只会像唱歌一样模仿，还嘻嘻哈哈地笑。

胡人是原始部落。他们在河边扎营的时候，会采集不能食用的芦苇晒干。他们把芦苇捆在旗杆、马鬃、马尾上晾干，然后在苇管上切出洞眼和楔形的缺口。他们在短芦苇上插进羽毛和箭杆，制成响箭。交战时，只听箭声呼啸，尖利的啸声在射中敌人时戛然而止。即便没有射中，胡人也能用这种漫天的死亡尖啸令敌人闻风丧胆。蔡琰一直以为这种箭啸是胡人唯一的音乐，直到一天夜里，她听到一阵乐声传来，如沙漠上的风声，起起落落，颤声而鸣。她走出帐外，只见数以百计的胡人士兵坐在沙漠中，沙土在月光下泛起一片金黄。他们正抬起臂肘吹笛。那笛声一次次冲向高音，渴望触到那高亢的音符，最后终于找到，停在那里，冷峭如沙漠中的冰凌。那音乐让蔡琰心绪不宁；笛声尖利、冰冷，令她痛苦。乐声搅得她无法专心想自己的心事。夜复一夜，无论她走过多少座沙丘，那曲调依旧回荡在沙漠上空。她躲进帐篷，但笛声萦绕不绝，让她难以成眠。后来，在与别的帐篷隔开的蔡琰的帐篷外，胡人们听到一个女人的声音在歌唱，像是在唱一首摇篮曲，歌声嘹亮清越，与笛声相和。蔡琰在歌唱中土，歌唱她在中土的亲人。歌词似乎是汉语，可其中流露出的悲伤与愤懑，胡人也听得懂。有时他们觉得听到了几个胡人的词语，唱他们无尽的漂泊流浪。她的孩子不再嬉笑，当她走出帐篷，坐在冬夜的篝火旁，坐在胡人中间时，孩子们终于开始和她一起唱起来。

滞留南匈奴十二年后，蔡琰被赎回，改嫁董祀，好给她父亲留下汉家后裔。她从胡地带回自己写的歌，三首之中有一首流传至今，名为《胡笳十八拍》。汉人用自己的乐器为这首歌配上曲子，如今依然在演唱，歌词也译得凄切动人。

著作权合同登记图字：01−2017−5988

THE WOMAN WARRIOR
by Maxine Hong Kingston
Copyright ©1975, 1976 by Maxine Hong Kingston
Simplified Chinese translation copyright © 2018 by Thinkingdom Media Group Ltd.
Published by arrangement with the author through
Sandra Dijkstra Literary Agency, Inc. in association with
Bardon-Chinese Media Agency
ALL RIGHTS RESERVED

图书在版编目（CIP）数据

　女勇士 ／（美）汤婷婷著；王爱燕译 . −− 北京 ：
新星出版社，2018.4
　ISBN 978−7−5133−2963−7

　Ⅰ . ①女… Ⅱ . ①汤… ②王… Ⅲ . ①短篇小说−小
说集−美国−现代 Ⅳ . ① I712.45

　中国版本图书馆 CIP 数据核字（2017）第 323814 号

女勇士
[美] 汤婷婷 著
王爱燕 译

责任编辑　汪　欣
特邀编辑　翟明明　沈　悦
装帧设计　李照祥
内文制作　王春雪
责任印制　史广宜

出　　版　新星出版社　www.newstarpress.com
出 版 人　马汝军
社　　址　北京市西城区车公庄大街丙 3 号楼　　邮编 100044
　　　　　电话（010)88310888　传真（010)65270449
发　　行　新经典发行有限公司
　　　　　电话（010)68423599　邮箱 editor@readinglife.com
印　　刷　北京天宇万达印刷有限公司
开　　本　880毫米×1230毫米　1/32
印　　张　7.5
字　　数　136千字
版　　次　2018年4月第1版
印　　次　2018年4月第1次印刷
书　　号　ISBN 978−7−5133−2963−7
定　　价　49.50元